위로와
평안의
시

위로와 평안의 시

김옥림 엮고 씀

시는 마음의 본향이다

사람들 가슴엔
별이 살고 있다

사랑이라는
참 맑고 아름다운 별

제가 쓴 〈별〉이라는 시입니다. 이 시는 아주 오래전 경기도 여주에 있는 어느 작은 시골 마을로 봉사활동을 갔을 때 쓴 시입니다. 그때 나는 일주일 동안 시골 교회에서 중고등학생들에게 노래와 시를 가르치며 즐거운 시간을 보냈습니다.

마을 앞으로는 운치 있는 맑은 호수가 있었는데, 밤이면 수많은 별들이 호수에 내려와 반짝이는 모습이 그 어떤 명화보다도 아름다웠습니다. 나는 그때의 감흥을 곧바로 시로 썼습니다. 그리고 제목을 〈별〉이라고 했지요. 그 이유는 사람들 가슴에도 별이 있다고 생각한 것인데 그것은 곧 '사랑'이지요. 사랑은 사람들 가슴에 살고 있는 '별'인 것입니다.

지금도 이 시를 읽을 때마다 가슴에 녹아 흐르던 그 깊은 감흥의 물결에 생생하게 사로잡히곤 합니다. 왜 그럴까요.

깊은 감흥에서 온 그 '순간'은 '영원'으로 이어질 만큼, 몸과 마음을 맑고 투명하게 만들어주기 때문입니다. 그렇습니다. 시는 마음의 본향입니다. 그런 까닭에 우리는 시를 읽어야 합니다. 시를 읽어야 마음의 본향인 인간성을 잃지 않습니다. 인간성을 잃지 않는 마음은 맑고 투명한 호수와 같아, 호수가 하늘과 별과 구름, 그리고 주변의 풍광을 살뜰히 받아 안듯 모든 것을 받아들이면서도 순수함을 잃지 않게 하지요.

그러나 인간성을 잃게 되면 순수성을 잃게 되어 이기적이고, 배려할 줄도 모르게 됩니다. 탐욕으로 가득 물들어 자신에게도 타인에게도 아픔을 주고, 고통을 안기기도 하지요. 이럴 때 마음을 맑게 정화하는 한 편의 좋은 시를 읽는다면 거칠고 메마른 마음을 따뜻한 감동으로 물들여 순수성을 되찾는 데 큰 도움이 됩니다.

그런데 안타깝게도 요즘의 시는 대개가 난해해 독자들로부터 외면받고 있습니다. 이해가 되지 않는 시를 읽는다는 것은 여간 곤혹이 아닐 수 없습니다. 그로 인해 시는 시로서의 역할을 상실한 지 이미 오래이지요. 그래서 지나친 경쟁과 삶의 속도에 지쳐 있는 독자들의 마음을 맑게 정화함으로써, 치열하고 복잡 미묘한 현대를 살아가는 데 위안이 되고, 꿈과 용기를 주기 위해 쉽지만 의미 있고 깊은 감동을 주는 시만을 엄선하여 시집을 펴내게 되었습니다. 이 시집은 폭넓고 다양한 시의 세계를 이해하고 느끼는 데 도움을 주고, 거칠고 메마른 마음에 서정의 단비가 되어 줄 것입니다.

마음의 본향인 시, 그 시의 세계로 여러분을 초대합니다. 이 시집 속의 시들과 즐거운 시간 보내시고 마음의 평안과 위안을 얻으신다면, 이 시집을 기획한 저로서는 참으로 감사하고 행복할 것입니다.

김옥림

차례

제2부_
세계 명시,
내게로 와서 사랑이 되었다

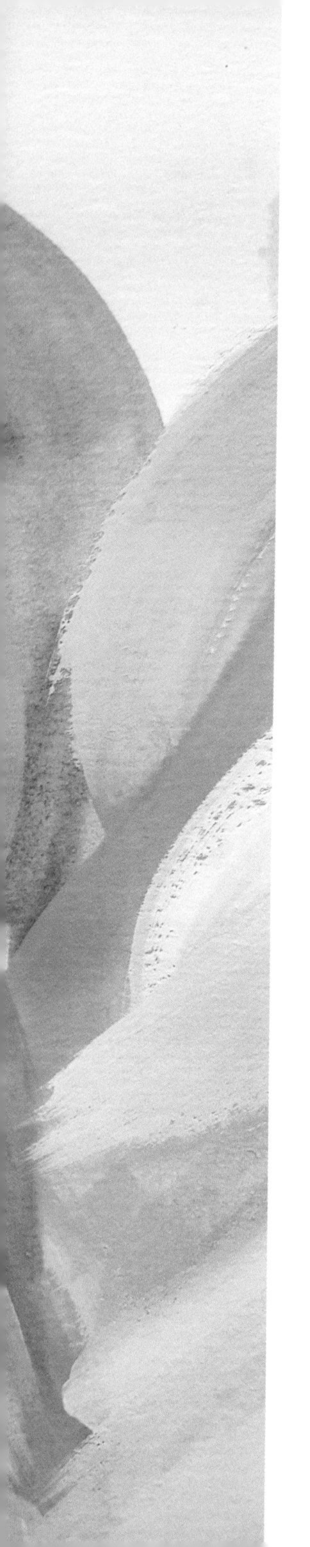

제1부

한국 시,
내게로 와서 꽃이 되었다

꽃은 우는 적이 없다
비가 오나
거센 바람이 휘몰아치거나
뜨거운 태양 아래에서도
꽃은 웃음을 잃지 않는다
울면 꽃이 아니다
언제나 웃어야 꽃이다

_ 언제나 꽃은

너를 위하여

김남조

나의 밤기도는
길고
한 가지 말만 되풀이한다

가만히 눈 뜨는 건
믿을 수 없을 만치의
축원,
갓 피어난 빛으로만
속속들이 채워 넘친 환한 영혼의
내 사람아

쓸쓸히
검은 머리 풀고 누워도
이적지 못 가져본
너그러운 사랑

너를 위하여 나 살거니
소중한 건 무엇이나 너에게 주마
이미 준 것은
잊어버리고
못다 준 사랑만을 기억하리라
나의 사람아

눈이 내리는
먼 하늘에
달무리를 보듯 너를 본다

오직 너를 위하여
모든 것에 이름이 있고
기쁨이 있단다
나의 사람아

시인의 시 이야기

나는 이 시를 참 좋아해서 내 마음에 사랑이 식어 가면 불쑥 꺼내 읽곤 합니다. 읽고 나면 황량해진 내 마음에 어느새 푸른 달빛 같은 너그러움이 번져오고, 메말랐던 가슴이 촉촉이 젖어오며 기쁨이 샘솟아 오릅니다. 이 시에서 보여준 절대적인 사랑은 나의 마음을 온전히 매혹시켜 놓았기 때문입니다.

김남조 시인은 내가 사는 이유를 '너' 때문이라고 했으며, 소중한 것은 '무엇'이나 너에게 주고, 이미 준 것은 잊어버리고 '못다 준 사랑'만을 기억하겠다고 했습니다. 이 얼마나 충만하고 너그러운 사랑인지요. 이런 사랑을 할 수 있다면 얼마나 좋을까요. 이런 사랑이야말로 최선의 사랑이며 너무나도 절절하게 아름다운 사랑입니다. 이런 사랑은 누구나 원하지만 자신의 지나친 이기심으로 인해 있던 사랑마저 놓쳐버리는 경우는 얼마든지 있습니다. 사랑을 배반하는 것은 언제나 탐욕적인 사람이니까요.

사랑은 아름다운 것이고 사람이 살아가는 이유이자 목적입니다. 그런 까닭에 그 사랑을 지키고 간직할 수 있는 사람만이 빛나고 향기로운 삶을 쟁취할 수 있는 것입니다. 자신과 빛나는 삶과 사랑하는 사람의 행복을 위해서라면, 아낌없이 서로를 보듬고 높여주는 사랑을 해야 하겠습니다.

수선화에게

정호승

울지 마라
외로우니까 사람이다
살아간다는 것은 외로움을 견디는 일이다
공연히 오지 않는 전화를 기다리지 마라
눈이 오면 눈길을 걸어가고
비가 오면 빗길을 걸어가라
갈대숲의 가슴 검은 도요새도 너를 보고 있다
가끔은 하느님도 외로워서 눈물을 흘리신다
새들이 나뭇가지에 앉아 있는 것도 외로움 때문이고
네가 물가에 앉아 있는 것도 외로움 때문이다
산 그림자도 외로워서 하루에 한 번씩 마을로 내려온다
종소리도 외로워서 울려퍼진다

시인의 시 이야기

사람은 본시 누구나 외로운 존재입니다. 이를 성서적 입장에서 본다면 더욱 분명해집니다. 창조주인 하나님은 세상을 창조할 때 맨 마지막에 아담을 만들었습니다. 혼자인 그가 좋아 보이지 않고 외로워 보여 그를 깊이 잠들게 하고 잠든 틈을 타 그의 갈빗대 하나를 취해 그의 짝으로 삼을 여자(하와)를 만들었지요. 여자가 아담과 함께하니 아담이 혼자였을 때보다 보기가 좋은 것은 당연하지요. 즉 외로워 보이지 않았던 것입니다.

그렇습니다. 혼자는 외롭지만 둘은 혼자일 때보다 외롭지 않습니다. 그러니까 각자인 혼자는 외로울 수밖에 없는 것입니다.

정호승 시인은 시 〈수선화〉에서 인간의 '본질적인 외로움'을 '외로우니까 사람이다'라고 단정적으로 일러 표현합니다. 그러면서 살아가는 일은 외로움을 '견디는 일'이라고 긍정적으로 말합니다. 그러기 때문에 오지 않는 전화를 기다리지 말고, 눈이 오면 눈길을 걸어가고, 비가 오면 빗길을 걸어가라'고 힘주어 말합니다. 그리고 '가끔은 하느님도 외로워서 눈물을 흘리신다'고 결정적으로 단언합니다. 하나님 같은 창조주께서도 가끔 외로워 눈물을 흘리는데, 인간들이야 오죽할까요. 하지만 외로움은 꼭 나쁜 것만은 아닙니다. 사람은 외로울 때 자신에게 가장 진실해지고, 그것이 사람이든 사물이든 소중한 것들에 대해 생각하게 되고, 나아가 사랑하는 사람을 갈망하게 됩니다. 이처럼 외로움은 생산적인 삶의 에너지를 주는 '생산적 마인드'이기도 합니다. 그런데 외로움의 동굴에 갇혀 어쩔 줄 몰라 한다면 그것은 불행을 자초하는 일이 될 것입니다. 외로움의 본질은 '사랑'인 것입니다. 동시에 외로움은 사랑의 본질을 일깨우는 '순간의 가치'인 것입니다.

개여울

김소월

당신은 무슨 일로
그리 합니까?
홀로이 개여울에 주저앉아서

파릇한 풀포기가
돋아나오고
잔물은 봄바람에 헤적일 때에

가도 아주 가지는
않노라시던
그러한 약속이 있었겠지요

날마다 개여울에
나와 앉아서
하염없이 무엇을 생각합니다

가도 아주 가지는
않노라심은
굳이 잊지 말라는 부탁인지요

영원한 민족 시인이자 우리말로 가장 우리 민족의 정서와 심성을 잘 표현한 시와 감성의 연금술사인 시인 김소월. 그의 시 한 편 한 편은 마치 한 올 한 올의 금사로 곱게 짠 비단결처럼 슬프도록 아름답고, 절절한 감흥의 물결로 마음이 흠뻑 젖도록 감동으로 이끕니다.

〈진달래꽃〉, 〈산유화〉, 〈못 잊어〉 등 그 제목만으로도 가슴을 뭉클하게 하는 주옥같은 시는 아무리 거칠고 메마른 목석같은 사람에게도, 뜨거운 감동의 물결로 출렁이게 하지요. 특히, 시 〈개여울〉은 사랑하는 이에 대한 사랑의 감정이 잘 나타난 시이지요. '가도 아주 가지는 않겠다'는 사랑하는 이에 대한 간절한 그리움과 그 사랑에 대한 절대적인 순정은 누구라도 사랑의 감정에 깊이 물들게 하지요.

〈개여울〉은 오래전 노래로 만들어져 가수 정미조가 불렀는데, 시와 곡조가 어쩜 그리도 조화롭게 어우러지는지 노래를 들을 때마다, 때론 아련하고 또 때론 뜨거운 열정으로 빛나던 그 시절로 되돌아가고픈 감흥을 불러일으키곤 합니다.

저녁놀 붉게 물드는 강변을 걸으면서 또는 잔바람에 파르르 물결이 이는 강가에 앉아 이 시를 읽어보세요. 이 시가 왜 우리들의 가슴을 애잔하게 하고 은은한 감동으로 이끄는지를 느끼게 될 테니까요.

한계령을 위한 연가

문정희

한겨울 못 잊을 사람하고
한계령쯤을 넘다가
뜻밖의 폭설을 만나고 싶다.
뉴스는 앞다투어 수십 년 만의 풍요를 알리고
자동차들은 뒤뚱거리며
제 구멍들을 찾아가느라 법석이지만
한계령의 한계에 못 이긴 척 기꺼이 묶였으면.

오오, 눈부신 고립
사방이 온통 흰 것뿐인 동화의 나라에
발이 아니라 운명이 묶였으면.

이윽고 날이 어두워지면 풍요는
조금씩 공포로 변하고, 현실은
두려움의 색채를 드리우기 시작하지만

헬리콥터가 나타났을 때에도
나는 결코 손을 흔들지 않으리.
헬리콥터가 눈 속에 갇힌 야생조들과
짐승들을 위해 골고루 먹이를 뿌릴 때에도….

시퍼렇게 살아 있는 젊은 심장을 향해
까아만 포탄을 뿌려대던 헬리콥터들이
고라니나 꿩들의 일용할 양식을 위해
자비롭게 골고루 먹이를 뿌릴 때에도
나는 결코 옷자락을 보이지 않으리.

아름다운 한계령에 기꺼이 묶여
난생처음 짧은 축복에 몸 둘 바를 모르리.

시인의 시 이야기

나는 문정희 시인의 시를 즐겨 읽습니다. 그 까닭은 그녀의 시는 솔직하고, 거침이 없으며, 내숭 떨지 않기 때문이지요. 그래서 그녀의 시를 읽고 나면 마음이 담백해지고 가지런히 정돈된 느낌을 받곤 합니다. 〈한계령을 위한 연가〉에는 문정희 시인다운 거침없고, 내숭 떨지 않는 솔직함이 잘 나타나 있습니다.

폭설을 만나 아름다운 한계령에서 사랑의 밤을 보내고 싶은 시적 화자의 마음이 다소 도발적으로 드러나지만, 그것은 행복해지고 싶은 너무도 간절한 열망에서 나온 지극한 사랑의 마음에서이지요. 이를 잘 말해주는 대목이 눈에 갇혀 옴짝달싹할 수 없는 사람들을 구조하러 헬리콥터가 나타났을 때도 손을 흔들지 않고, 자신의 옷자락도 보이지 않겠다고 하는 다짐입니다.

이 아찔하도록 상큼한 시적 발상이 정염에 물든 시적 화자의 마음을 속물적이고 저급하게 생각하지 않고, 오히려 수긍하게 하는 것은 바로 거침없는 솔직함 때문이지요. 또한 잊지 못할 연인과 운명적으로 묶이고 싶은 마음이 간절하게 나타나 있기 때문이기도 하고요. 이는 문정희 시인이니까, 할 수 있는 표현이지요. 즉, 문정희식 시적 표현법이라 할 수 있습니다.

이 시에서처럼 같은 상황이 주어진다면, 온통 하얗게 채색된 눈부시도록 아름다운 한계령에서 격정에 찬 사랑의 밤을 보내고 싶지 않을 사람은 아마 없을 것입니다. 이런 사랑이라면 나 또한 목숨을 걸고 사랑하고 싶습니다.

가을의 시

김옥림

가을엔 단풍에 고이 적어 보낸
어느 이름 모를 산골 소녀의
사랑의 시가 되고 싶다

가을엔 눈 맑은 새가 되어
뒷동산 오솔길 풀잎 위의 아침 이슬 머금고
사랑하는 이들에게
햇푸른 사랑의 노래이고 싶다

가을엔 눈빛 따스한 햇살이 되어
시월 들판을 풍요롭게 하는
대자연의 너그러운 숨결이고 싶다

가을엔 모두를 사랑하고
모두를 용서하고 모두와 화해하고
잊혀져간 소중한 이름들을 하나하나 떠올리며

해맑은 기도를 드리고
살아있는 모든 것들에게
간절한 열망의 의미를 부여하고 싶다

가을엔 나보다 더 외로운 이들에게
따스한 가슴으로 다가가
그들의 야윈 손을 잡아주고 싶다

가을은 겸손과 감사의 계절
가을은 풍요와 사랑의 계절
가을엔 그 모두에게 읽혀지고 기억되어지는
사랑의 시가 되고 싶다

시인의 시 이야기

이 시는 독자들로부터 많은 사랑을 받은 시로 특히, 2011년에는 대전 시민들이 가장 좋아하는 시에 선정되어 시청 앞에 글자판으로 만들어져 3개월 동안 전시되었습니다. 같은 해 대검찰청 검사들이 가장 좋아하는 시로 선정되어 많은 사랑을 받기도 했지요.

독자들이 이 시를 좋아하는 것은 맑고 투명한 가을 햇살 같은 부드럽고 해맑은 시적 표현에서 오는 서정성 때문이라고 생각합니다. 깊은 서정성은 마음에 감동을 주고 긴 여운을 주기 때문이지요. 가을은 하나의 거대한 시상이며 그 자체가 시이기도 하지요. 그래서 가을은 누구나 시인이 되는 계절이지요.

가을은 겸손과 감사의 계절
가을은 풍요와 사랑의 계절
가을엔 그 모두에게 읽혀지고 기억되어지는
사랑의 시가 되고 싶다

이 시에서 가장 핵심적인 표현이며 중심이 되는 내용으로 '가을'의 이미지를 잘 보여주지요. 이 시에서 보듯 우리는 누구나 자신이 사랑하는 사람들에게 '사랑의 시'가 되어야 합니다. 그래서 서로에게 '행복'이 되고, '기쁨'이 되고, '삶의 의미'가 되어야 합니다. 그것이야말로 스스로를 가장 축복되게 하는 일이니까요.

추억

조병화

잊어버리자고
바다 기슭을 걸어보던 날이
하루
이틀
사흘

여름 가고
가을 가고
조개 줍는 해녀의 무리 사라진 겨울 이 바다에

잊어버리자고
바다 기슭을 걸어가는 날이
하루
이틀
사흘

시인의 시 이야기

조병화 시인은 살아생전 많은 독자를 둔 시인이었습니다. 그 당시 그와 비슷한 연배의 시인 그 누구보다도 독자들이 많았지요. 그 이유는 그의 시가 쉽고 간결할 뿐만 아니라 그 시에는 삶의 철학이 녹아 있었기 때문입니다.

그래서일까, 그의 시를 읽다 보면 마음이 맑아지고 머리는 반짝이며 빛났지요. 그리고 그의 시를 읽고 나면 마음이 뿌듯했습니다. 마치 몸에 좋은 약을 먹은 것 같은 기분이 들었으니까요.

그는 시 쓰기에 있어 단박에 시를 쓰는 것으로 유명했습니다. 그것은 시를 쓰기 전에 오랜 사색을 통해 걸러지고 정제된 시적 언어가 그의 가슴에 샘물처럼 흘렀기 때문이지요. 그리고 그는 새벽 4시나 5시에 시를 썼습니다. 그 시간에 몸과 마음이 가장 맑았기 때문이지요. 그런 이유로 그의 시 쓰기는 하나의 경건한 의식과도 같아 독자의 가슴에 감동을 줄 수 있었던 것이지요.

〈추억〉이라는 시 또한 그렇게 쓰인 시입니다.

사람은 누구나 가슴에 잊지 못할 추억을 품고 살지요. 첫사랑의 추억, 이별의 추억, 좋았던 날의 추억, 행복했던 추억, 감사했던 일에 대한 추억 등 그 사연도 사람에 따라 다르지요. 그런데 한 가지 공통점은 '추억은 그 어떤 것도 다 아련하고 뭉클하다'는 것입니다. 그래서 마치 마음에 품은 삶의 '진주'와도 같지요.

이 시의 시적 화자도 그 무언가를 잊기 위해 봄이 가고 가을이 가고 해녀들이 사라진 겨울 바다 산기슭을 걸어 보지만 그것은 잊혀지지 않는 '추억'이 되었다는 걸 알 수 있습니다.

그렇습니다. 추억을 잊지 못하는 건 마음에 새겨진 '그리움의 화석'이기 때문입니다.

그 여자네 집

김용택

가을이면 은행나무 은행잎이 노랗게 물드는 집
해가 저무는 날 먼데서도 내 눈에 가장 먼저 뜨이는 집
생각하면 그리웁고
바라보면 정다웠던 집
어디 갔다가 늦게 집에 가는 밤이면
불빛이, 따뜻한 불빛이 검은 산속에
깜빡깜빡 살아있는 집
그 불빛 아래 앉아 수를 놓으며 앉아 있을
그 여자의 까만 머릿결과 어깨를 생각만 해도
손길이 따뜻해져오는 집

살구꽃이 피는 집
봄이면 살구꽃이 하얗게 피었다가
꽃잎이 하얗게 담 너머까지 날리는 집
살구꽃 떨어지는 살구나무 아래로
물을 길어오는 그 여자 물동이 속에
꽃잎이 떨어지면 꽃잎이 일으킨 물결처럼 가닿고
싶은 집

샛노란 은행잎이 지고 나면
그 여자
아버지와 그 여자
큰 오빠가
지붕에 올라가
하루 종일 노랗게 지붕을 이는 집
노란 초가집

어쩌다가 열린 대문 사이로 그 여자네 집 마당이 보이고
그 여자가 마당을 왔다갔다하며
무슨 일이 있는지
무슨 말인가 잘 알아들을 수 없는 말소리와
옷자락이 대문 틈으로 언뜻언뜻 보이면
그 마당에 들어가서 나도 그 일에 참견하고 싶었던 집

마당에 햇살이 노란 집
저녁 연기가 곧게 올라가는 집
뒤안에 감이 붉게 익는 집
참새떼가 지저귀는 집
보리타작, 콩타작 도리깨가 지붕 위로 보이는 집
눈 오는 집
아침 눈이 하얗게 처마끝을 지나
마당에 내리고
그 여자가 몸을 웅숭그리고
아직 쓸지 않은 마당을 지나

뒤안으로 김치를 내러 가다가 "하따, 눈이 참말로 이쁘게
도 온다이이" 하며
눈이 가득 내리는 하늘을 바라보다가
싱그러운 이마와 검은 속눈썹에 걸린 눈을 털며
김칫독을 열 때
하얀 눈송이들이 어두운 김칫독 안으로
하얗게 내리는 집
김칫독에 엎드린 그 여자의 등에
하얀 눈송이들이 하얗게 하얗게 내리는 집
내가 함박눈이 되어 내리고 싶은 집
밤을 새워, 몇밤을 새워 눈이 내리고
아무도 오가는 이 없는 늦은 밤
그 여자의 방에서만 따뜻한 불빛이 새어나오면
발자국을 숨기며 그 여자네 집 마당을 지나
그 여자의 방 앞
뜰방에 서서 그 여자의 눈 맞은 신을 보며
머리에, 어깨에 쌓인 눈을 털고
가만가만 내리는 눈송이들도 들리지 않는 목소리로
가만 가만히 그 여자를 부르고 싶은 집

그
여
자
네 집

어느 날인가
그 어느 날인가 못밥을 머리에 이고 가다가
나와 딱 마주쳤을 때
"어머나" 깜짝 놀라며 뚝 멈추어 서서
두 눈을 똥그랗게 뜨고
나를 쳐다보며 반가움을 하나도 감추지 않고
환하게, 들판에 고봉으로 담아놓은 쌀밥같이,
화아안하게 하얀 이를 다 드러내며 웃던 그
여자 함박꽃 같던 그
여자

그 여자가 꽃 같은 열아홉살까지 살던 집
우리 동네 바로 윗동네 가운데 고샅 첫집
내가 밖에서 집으로 갈 때
차에서 내리면 제일 먼저 눈길이 가는 집
그 집 앞을 다 지나도록 그 여자 모습이 보이지 않으면
저절로 발걸음이 느려지는 그 여자네 집
지금은 아, 지금은 이 세상에 없는 집
내 마음속에 지어진 집
눈 감으면 살구꽃이 바람에 하얗게 날리는 집
눈 내리고, 아, 눈이, 살구나무 실가지 사이로
목화송이 같은 눈이 사흘이나
내리던 집
그 여자네 집

언제나 그 어느 때나 내 마음이 먼저
가
있던 집

그
여자네
집
생각하면, 생각하면 생, 각, 을, 하, 면…

시인의 시 이야기

맑은 달빛을 가려 뽑아 곱게 빚어 놓은 것만 같은 시.

아침 이슬보다 맑고 영롱한 물빛이 톡톡 튀어 오를 것만 같은 시.

이 시를 읊조리다 보면 지금은 곁에 없지만

사랑하는 이를 꼭 다시 만날 것만 같은 희망이 담겨 있는 시.

산그늘이 지는 저녁 강변에서 들려오는 맑은 강물 소리가 가슴 깊이 해금 소리로 되살아날 것만 같은 시.

그 어린 시절 미국으로 떠난 누님의 모습이 살포시 떠오르며 금방이라도 사뿐사뿐 내게로 올 것만 같은 시.

어린 시절 느티나무 아래서 오순도순 이야기를 나누며 꽃 같은 세월을 함께했던 달덩이 같이 얼굴이 하얗고 눈이 사슴처럼 맑았던, 하늘나라에서 내려온 아기 달님 같았던 그 여자아이, 그 여자아이가 환하게 웃으며 반겨 나올 것만 같은 시.

중학교 때 첫사랑의 감정을 지펴준 너무나도 깜찍하게도 예쁘던 그 여자아이처럼 해맑으면서도 촉촉이 가슴을 적셔주는 시.

착해서, 너무 착해서, 그냥 착해서, 착하기만 해서 너무도 순수했던, 그러나 내게 여자의 부드러움과 상큼함과 의식의 몽롱함의 첫 느낌을 일깨워준 스무 몇 살 때의 그 여자를 꼭 빼닮은 시.

그냥 읽기만 해도 사랑의 감정이 깨꽃처럼 풋풋하게 살아 넘쳐나는 시. 그래서 곁에 두고 항상 읽고만 싶은 시 〈그 여자네 집〉.

나는 이 시를 읽을 때마다 마음이 맑아지고 산뜻해짐을 느낍니다. 삶의 오아시스와도 같은 시는 영혼을 말갛게 씻어주는 삶의 청량제와도 같으니까요. 이런 시를 쓸 수 있다는 건 큰 축복입니다.

꽃씨를 거두며

도종환

언제나 먼저 지는 몇 개의 꽃들이 있습니다. 아주 작은 이슬과 바람에도 서슴없이 잎을 던지는, 뒤를 따라 지는 꽃들은 그들을 알고 있습니다. 아이들과 함께 꽃씨를 거두며 사랑한다는 일은 책임지는 일임을 생각합니다. 사랑한다는 일은 기쁨과 고통, 아름다움과 시듦, 화해함과 쓸쓸함 그리고 삶과 죽음까지를 책임지는 일이어야 함을 압니다. 시드는 꽃밭 그늘에서 아이들과 함께 꽃씨를 거두어 주먹에 쥐며 이제 기나긴 싸움은 다시 시작되었다고 나는 믿고 있습니다. 아무것도 끝나지 않았고 삶에서 죽음까지를 책임지는 것이 남아있는 우리들의 사랑임을 압니다. 꽃에 대한 씨앗의 사랑임을 압니다.

시인의 시 이야기

도종환 시인은 아이들과 함께 꽃씨를 거두며 한 가지 깨달음을 얻습니다. 그것은 바로 '책임지는 사랑'입니다. 시인은 그 깨달음을 〈꽃씨를 거두며〉라는 시로 탄생시켰습니다.

이 시에서 시인은 책임질 줄 아는 사랑을 해야 한다고 말합니다. 그가 말하는 책임지는 사랑은 기쁨과 고통, 아름다움과 시듦, 화해함과 쓸쓸함 그리고 삶과 죽음까지도 책임지는 사랑이지요. 왜 그럴까요. 책임이 따르지 않는 사랑은 사랑으로서의 가치가 없기 때문이지요.

그렇습니다. 사랑이란 책임을 질 수 있을 때 하는 것입니다. 책임질 수 없다면 그런 사랑은 하지 말아야 합니다. 그렇지 않으면 자칫 자신이나 상대방에게 깊은 고통과 아픔만을 남겨 줄 뿐입니다.

사랑을 장난처럼 여기는 사람들을 보면 너무나 안타까운 마음에 가슴이 저려오기도 합니다. 그들은 사랑의 행위를 일순간 즐거움을 위한 놀이쯤으로 여기는 것 같습니다. 재미있을 때는 신나게 가지고 놀다가도 흥미를 잃게 되면 내팽개치는 그런 장난감처럼 말입니다. 그런 사랑은 하지도 말고 받지도 말아야 합니다. 오직 사랑만을 위한 사랑, 서로를 책임질 수 있는 사랑을 해야 합니다.

서시

윤동주

죽는 날까지 하늘을 우러러
한 점 부끄럼이 없기를,
잎새에 이는 바람에도
나는 괴로워했다.
별을 노래하는 마음으로
모든 죽어가는 것을 사랑해야지.
그리고 나한테 주어진 길을
걸어가야겠다.

오늘 밤에도 별이 바람에 스치운다.

윤동주 시인의 삶의 철학과 사상을 가장 잘 드러내 보이면서도, 어렵지 않고 무겁지 않으면서도 감동의 울림이 깊디깊은 시, 〈서시〉.

이 시가 사랑받는 가장 큰 이유는 이 시가 품고 있는 메시지 즉, 시적 주제에도 있지만 누구나 이해할 수 있는 평이하고 쉬운 언어로 쓰였기 때문입니다. 이렇듯 좋은 시란 쉽고 평이한 언어로 쓰여 누구나 이해할 수 있어야 합니다. 그리고 시적 주제가 선명하게 드러나야 합니다. 또한 가슴에 깊은 울림을 주고, 깨우침을 주어야 합니다. 마치 무더운 여름날 마시는 시원한 샘물처럼 마음과 생각을 말끔히 정화할 수 있어야 합니다.

무슨 뜻인지 이해할 수 없는 암흑처럼 난해한 시, 그럴듯한 언어로 포장했지만 감동이라고는 찾아볼 수 없는 시는 독자들을 곤혹스럽게 하고 시로부터 멀어지게 하지요. 그래서일까, 시를 잘 읽지 않는 지금의 시대는 거칠고 메마를 수밖에 없습니다. 메마르고 거친 시대에 〈서시〉와 같은 좋은 시가 있다는 것이, 우리에겐 행운과도 같은 이유가 여기에 있는 것입니다.

좋은 시를 찾아 많이 읽으십시오. 그런 당신이 진정 행복하고 따뜻한 사람입니다.

풀꽃 · 1

나태주

자세히 보아야
예쁘다

오래 보아야
사랑스럽다

너도 그렇다

시인의 시 이야기

나태주 시인의 〈풀꽃 · 1〉은 읽을 때마다 '어쩜 이리도 아름답고 예쁜 시일까' 하는 생각이 듭니다. 작은 소품의 시로 특별히 뛰어난 표현이 아닌데도 그렇게 마음을 따뜻하게 하고 아름다움의 물결로 흠뻑 젖게 한답니다. 이 시가 사람들에게 감동을 주는 것은 상대에 대한 따뜻한 '관심'이 얼마나 중요한지를 잘 알게 하기 때문이지요.

들에 아무렇게나 피어 있는 풀꽃, 그리 예쁠 것도 없고 향기 또한 없지만 시인은 자세히 보라고 말합니다. 관심을 갖고 자세히 보다 보면 예뻐 보인다는 것입니다. 그리고 오래 보라고 말합니다. 오래 보다 보면 사랑스럽다는 것이지요. 풀꽃도 이럴진대 사람이야 오죽할까요.

그렇습니다. 관심을 갖고 보는 것과 그냥 보는 것엔 많은 차이가 있습니다. 관심을 갖게 되면 '사랑의 눈'으로 바라보게 되지만, 관심을 두지 않으면 아무렇게나 바라보게 되지요. 시인은 자연이나 인간관계에 있어 '관심'을 갖는 것이 얼마나 중요한 일인지를 풀꽃을 통해 잘 보여주고 있습니다. 관심을 갖고 보게 되면 상대뿐만 아니라 자신 또한 아름다워집니다. 관심은 곧 사랑이니까요.

사평역에서

곽재구

막차는 좀처럼 오지 않았다
대합실 밖에는 밤새 송이눈이 쌓이고
흰 보라 수수꽃 눈 시린 유리창마다
톱밥난로가 지펴지고 있었다
그믐처럼 몇은 졸고
몇은 감기에 쿨럭이고
그리웠던 순간들을 생각하며 나는
한 줌의 톱밥을 불빛 속에 던져주었다
내면 깊숙이 할 말들은 가득해도
청색의 손바닥을 불빛 속에 적셔두고
모두들 아무 말도 하지 않았다
산다는 것이 때론 술에 취한 듯
한 두릅의 굴비 한 광주리의 사과를
만지작거리며 귀향하는 기분으로
침묵해야 한다는 것을
모두들 알고 있었다

오래 앓은 기침소리와
쓴 약 같은 입술담배 연기 속에서
싸륵싸륵 눈꽃은 쌓이고
그래 지금은 모두들
눈꽃의 화음에 귀를 적신다
자정 넘으면
낯설음도 뼈아픔도 다 설원인데
단풍잎 같은 몇 잎의 차창을 달고
밤열차는 또 어디로 흘러가는지
그리웠던 순간들을 호명하며 나는
한 줌의 눈물을 불빛 속에 던져주었다

시인의 시 이야기

시 〈사평역에서〉는 1981년 중앙일보 신춘문예 당선작으로 1983년 창비에서《사평역에서》라는 제목의 시집으로 발간되었지요. 사평역은 실제로는 존재하지 않는 가상의 공간으로 마치 시골의 간이역을 연상케 합니다.

나는 이 시를 처음 접했을 때 한 편의 드라마 장면을 보는 듯한 강한 느낌을 받았습니다. 함박눈이 내리는 가운데 막차를 기다리는 대합실의 사람들 중 그믐처럼 몇은 졸고 있고, 또 몇은 감기에 쿨럭이고 있는 가운데 시적 화자인 '나'는 그리웠던 순간들을 생각하며 한 줌의 톱밥을 불빛 속에 던져주고 있는 장면이 그것인데, 어쩌면 그리도 선명할 수 있는지 마치 내 자신이 그들을 곁에서 지켜보는 듯했습니다.

그 어느 누구도 말이 없는 가운데 기침 소리만 침묵을 깨뜨릴 뿐, 담배 연기만이 대합실에 감돌 뿐이지요. 그러는 가운데 밖에는 싸륵싸륵 눈이 내려 쌓이는데 마지막 기차는 오질 않고, 시적 화자인 '나'는 그리웠던 순간들을 호명하며 한 줌의 눈물을 불빛 속에 던져주는 시적 표현은 이 시의 주제를 잘 드러냅니다.

쉬운 언어로 이처럼 상황을 생생하게 묘사할 수 있다는 것과 뛰어난 서정성은 시인의 시적 능력이 그만큼 탁월하다는 것을 뜻하지요. 나는 그동안 읽었던 수많은 신춘문예 당선작 가운데서도 〈사평역에서〉를 맨 윗자리에 놓는 것을 주저하지 않습니다. 그만큼 이 시는 빼어난 시라고 할 수 있습니다.

꽃

김춘수

내가 그의 이름을 불러 주기 전에는
그는 다만
하나의 몸짓에 지나지 않았다.

내가 그의 이름을 불러 주었을 때
그는 나에게로 와서
꽃이 되었다.

내가 그의 이름을 불러 준 것처럼
나의 이 빛깔과 향기에 알맞은
누가 나의 이름을 불러다오.
그에게로 가서 나도
그의 꽃이 되고 싶다.

우리들은 모두
무엇이 되고 싶다.
너는 나에게 나는 너에게
잊혀지지 않는 하나의 의미가 되고 싶다.

시인의 시 이야기

김춘수 시인의 시 〈꽃〉은 읽을 때마다 참 멋진 시라는 생각을 하곤 합니다. 존재의 의미성을 '꽃'이라는 사물을 통해 보여주는 이 시는, 인간관계에 있어 내 존재를 알리고, 상대의 존재를 인식하는 것이 얼마나 중요한 것인지에 대해 잘 알게 합니다.

이를 잘 알게 하는 것이 '내가 그의 이름을 불러 주기 전에는 / 그는 다만 / 하나의 몸짓에 지나지 않았다.' 하지만 '내가 그의 이름을 불러 주었을 때 / 그는 나에게로 와서 / 꽃이 되었다'는 표현입니다.

이름을 불러 주기 전에는 하나의 몸짓에 불과하지만, 이름을 불러 주었을 땐 내게로 와서 '꽃'이 되었다는 것은 '존재'로서의 실체가 되는 것이지요. 그리고 시인은 누군가가 자신의 이름을 불러 주길 갈망하고 자신도 그에게로 가서 꽃이 되고 싶어 하지요. 나아가 시인은 우리 모두는 무엇이 되고 싶어 하고 '너는 나에게 나는 너에게 / 잊혀지지 않는 하나의 의미가 되고 싶다'고 말합니다.

그렇습니다. 우리는 서로가 서로에게 삶의 존재가 되고, 의미가 되어야 합니다. 그것이 막히게 되면 자신의 존재도 모두의 존재도 가치를 상실하게 됨으로써 의미 또한 상실하게 되지요. 그런 까닭에 시인의 말처럼 너는 나에게 나는 너에게, 또한 우리 모두는 잊혀지지 않는 의미가 되어야 하는 것입니다.

즐거운 편지

황동규

1

내 그대를 생각함은 항상 그대가 앉아 있는 배경에서 해가 지고 바람이 부는 일처럼 사소한 일일 것이나 언젠가 그대가 한없이 괴로움 속을 헤매일 때에 오랫동안 전해오던 그 사소함으로 그대를 불러보리라.

2

진실로 진실로 내가 그대를 사랑하는 까닭은 내 나의 사랑을 한없이 잇닿은 그 기다림으로 바꾸어버린 데 있었다.

밤이 들면서 골짜기엔 눈이 퍼붓기 시작했다. 내 사랑도 어디쯤에선 반드시 그칠 것을 믿는다. 다만 그때 내 기다림의 자세를 생각하는 것뿐이다. 그동안에 눈이 그치고 꽃이 피어나고 낙엽이 떨어지고 또 눈이 퍼붓고 할 것을 믿는다.

시인의 시 이야기

황동규 시인은 현대문학을 통해 등단했는데 〈즐거운 편지〉는 바로 그의 등단작이지요. 시 〈즐거운 편지〉는 황동규 시인의 첫 시집 《어떤 개인 날》에 수록되었는데 박신양, 최진실 주연의 영화 〈편지〉를 통해 널리 알려졌지요. 이 당시 그의 시집은 영화 〈편지〉의 영향으로 베스트셀러가 되었습니다.

이 시는 사랑하는 이에 대한 사랑의 감정을 노래하지만, 여타의 연애 시와 달리 시적 예술성을 느끼게 합니다. 그러니까 단순한 사랑의 감정이 아니라, 그 감정을 예술적 표현으로 승화시켰다는 것이지요. 다음의 표현은 이를 잘 말해주고 있습니다.

'진실로 진실로 내가 그대를 사랑하는 까닭은 내 나의 사랑을 한없이 잇닿은 그 기다림으로 바꾸어버린 데 있었다.'

사랑하는 이에 대한 사랑의 감정을 이처럼 표현한다는 것은 하나의 시적 장치로서의 역할을 충분히 보여준다는 데 있습니다. 이는 곧 황동규 시인의 시적 능력이라고 할 수 있지요. 이 시를 통해 사랑하는 이에 대한 사랑의 감정을 가늠해보는 것도, 사랑하는 이에 대한 자신의 사랑을 펼쳐나가는 데 있어 많은 도움이 되리라 생각합니다.

산책

조병화

참으로 당신과 함께 걷고 싶은 길이었습니다
참으로 당신과 함께 앉고 싶은 잔디였습니다
당신과 함께 걷다 앉았다 하고 싶은
나무 골목길 분수의 잔디
노란 밀감나무 아래 빈 벤치들이었습니다
참으로 당신과 함께 누워 있고 싶은 남국의 꽃밭
마냥 세워 푸르기만한 꽃밭
내 마음은 솔개미처럼 양명산 중턱
따스한 하늘에 걸려 날개질 치며
만나다 헤어질 그 사람들이 또 그리워들었습니다
참으로 당신과 함께 영 걷고 싶은 길이었습니다
당신과 함께 영 앉아 있고 싶은 잔디였습니다

시인의 시 이야기

함께 걷고 싶은 사람이 있다는 건 정말 행복한 일입니다. 함께 잔디밭에 앉아 마주 보며 웃을 수 있는 사람이 곁에 있다는 건 무척 감사한 일이지요. 다정한 모습으로 어깨를 나란히 하고 산책하는 남녀를 바라보고 있으면 그 어떤 명화보다도 아름답습니다. 푸른 잔디 위에 앉아 도란도란 이야기꽃을 피우며 환하게 웃고 있는 연인을 보면 너무나도 사랑스러워 보이지요. 함께 나란히 누워 푸른 하늘을 바라볼 수 있는 사람이 있다는 것은 눈물 나도록 고마운 일입니다.

조병화 시인은 사랑하는 사람과 '함께' 한다는 것이 얼마나 행복하고 감사한 일인지를 함께 '걷고 싶은 길'과 함께 '앉고 싶은 잔디'를 통해 소박하지만 구체적인 표현으로 보여주고 있습니다. 사랑하는 사람과 함께 한다는 것, 사랑하는 사람과 함께 사랑을 하며 산다는 것은 그 어떤 것보다도 인생에 있어 소중한 행복이며 가치입니다.

당신은 함께 걷고 싶은 사람이 있나요? 함께 잔디에 앉고 싶은 사람이 있나요? 그렇다면 당신은 참 행복한 사람입니다.

지울 수 없는 얼굴

고정희

냉정한 당신이라고 썼다가 지우고
얼음 같은 당신이라고 썼다가 지우고
불 같은 당신이라고 썼다가 지우고
무심한 당신이라고 썼다가 지우고
징그러운 당신이라고 썼다가 지우고
그윽한 당신이라고 썼다가 지우고
따뜻한 당신이라고 썼다가 지우고
내 영혼의 요람 같은 당신이라고 썼다가 지우고
샘솟는 기쁨 같은 당신이라고 썼다가 지우고
아니야 아니야
사랑하고 사랑하고 사랑하는 당신이라고 썼다가
이 세상 지울 수 없는 얼굴 있음을 알았습니다.

시인의 시 이야기

한시도 떨어지면 못살 것 같은 사람, 늘 함께 하는 것만으로도 행복한 사람, 길을 걷다 멋진 길을 만나면 함께 걷고 싶은 사람, 맛있는 것을 보면 함께 먹고 싶은 사람, 좋은 뮤지컬 포스터를 보게 되면 함께 보고 싶은 사람, 아침에 잠에서 깨어났을 때 가장 먼저 생각나는 사람, 푸른 파도가 넘실대는 맑은 바다를 함께 바라보고 싶은 사람, 도란도란 이야기를 나누며 밤 기차 여행을 함께하고 싶은 사람, 강 언덕 유럽풍의 카페에서 함께 커피를 마시고 싶은 사람, 눈이 부시게 아름다운 백사장을 맨발로 함께 걷고 싶은 사람, 푸른 잔디밭을 뛰어가다 함께 넘어져 데굴데굴 구르고 싶은 사람, 비가 내리는 날 우산을 함께 쓰고 미라보다리를 함께 건너고 싶은 사람, 마지막 심야 영화를 함께 보고 싶은 사람, 가장 기쁜 일도 가장 슬픈 일도 제일 먼저 얘기해주고 싶은 사람, 내가 살아가는 데 있어 인생의 의미가 되는 사람, 안개가 모락모락 피어나는 바닷가 찻집에서 이른 아침 함께 음악을 듣고 싶은 사람, 언제 어느 때든 전화하면 이유를 달지 않고 무조건 달려오는 사람, 언제나 만나면 네가 너무 보고 싶었다고 말해주는 사람, 하늘나라 전설 같은 함박눈이 주절주절 내리는 날 눈을 맞으며 팔짱을 끼고 함께 걷고 싶은 사람, 안 보면 보고 싶고 이내 헤어졌다가도 다시 만나면 늘 처음인 듯 풋풋한 미소가 예쁜 사람, 사랑해도 자꾸만 사랑하고 싶은 사람, 미워하려야 미워할 수 없는 사람 이렇듯 사랑하는 사람은 함께 있어도 그립고, 곁에 있어도 보고픈 존재이지요.

고정희 시인이 말하는 〈지울 수 없는 얼굴〉은 바로 이런 사람이 아닐까 합니다.

그렇습니다. 사랑하는 사람은 언제나 내 가슴에 화석처럼 새겨져 있는 사람, 지울 수 없는 얼굴을 가진 사람이지요.

빈집

기형도

사랑을 잃고 나는 쓰네

잘 있거라, 짧았던 밤들아
창밖을 떠돌던 겨울안개들아
아무것도 모르던 촛불들아, 잘 있거라
공포를 기다리던 흰 종이들아
망설임을 대신하던 눈물들아
잘 있거라, 더 이상 내 것이 아닌 열망들아

장님처럼 나 이제 더듬거리며 문을 잠그네
가엾은 내 사랑 빈집에 갇혔네

시인의 시 이야기

나는 기형도 시인의 시집 〈입 속에 검은 입〉을 처음 읽고 매우 놀랐습니다. 시 한 편 한 편이 너무도 잘 짜여진, 마치 잘 직조된 언어의 비단과도 같았으니까요. 짧은 시는 짧은 시대로, 중간 길이의 시는 중간 길이의 시대로 그 어떤 시도 허술한 것이 없었습니다.

나는 대체 이런 시를 쓰는 그가 어떤 사람인지 알고 싶어 자료를 찾아보았습니다. 그는 중앙일보사 문화부와 편집부에서 일했으며, 1985년 시 〈안개〉로 동아일보 신춘문예에 당선한 신인이었습니다. 그런데 안타깝게도 심야극장에서 숨진 채 발견되었고, 〈입 속에 검은 입〉은 그의 유고 시집이었던 것입니다.

기형도 시인은 자신이 처한 환경과 그 속에서 겪었던 가난한 우울, 비관적인 개인적 체험을 시로 형상화했으며, 강압적인 정치의 휘둘림 아래 무력하게 살아가는 사람들의 비감한 사회적 현실을 비판적으로 그린 시는 공감을 자아내는 데 부족함이 없습니다.

나는 그의 시 중 〈빈집〉을 좋아하는데 이 시는 마치 사랑을 잃은 사람의 비감한 모습을 보는 것 같아 쓸쓸함이 묻어나지요. 그런데 이것이 바로 이 시를 즐겨 읽는 이유인 것입니다. 누구나 이런 쓸쓸한 삶의 기억 한 조각쯤은 하나씩 가슴에 품고 있는 까닭이지요. 나 또한 그러했으니까요. 그런데 〈빈집〉을 읽고 나면, 마음 깊은 곳에서 소리가 들려옵니다.

"절대로 쓰러지지 마라. 끝까지 살아야 한다, 너는."

그렇습니다. 어떤 상황이 주어져 삶의 〈빈집〉에 갇히게 되더라도 우리는 살아야 합니다. 그것이 우리가 해야 할 일입니다.

섬

정현종

사람들 사이에 섬이 있다
그 섬에 가고 싶다

시인의 시 이야기

이렇게 짧은 것도 시가 되느냐고 당신은 의아해할지도 모릅니다. 그러나 이것 또한 역시 시입니다. 시란 그 길이가 따로 정해져 있는 것이 아니라 그 시를 쓰는 사람의 시적 감흥이나 그가 나타내고자 하는 주제를 어떻게 표출하느냐에 따라 정해진다고 봐야 합니다.

이 〈섬〉이라는 시는 비록 짧지만 찬찬히 들여다보고 음미하면 할수록 깊은 울림이 새록새록 피어납니다. 철학적 사유가 담겨 있기도 하고, 그리움이 물씬 배어나기도 하고…… 어쨌든 이 짧은 시가 한때 유행을 몹시도 탔는데 커피숍 이름이나, 레스토랑 등의 간판 이름으로도 널리 사용되었습니다. 나 또한 '그 섬에 가고 싶다'는 커피숍 상호를 본 적이 있고, 그 커피숍에서 차를 마신 기억이 가물거립니다.

사람들 사이의 섬이란 무엇일까요?

사랑, 안식, 그리움, 위안 등 여러 가지로 그 의미를 추리해 볼 수 있겠지요. 그런데 섬이 주는 이미지는 왠지 모를 쓸쓸함과 외로움이 묻어 있는 것 같습니다. 배가 오랜 항해 끝에 섬에 닿아 안식을 취하듯 인생의 바다에서 삶이라는 거친 파도에 지친 사람들이 서로에게 위안을 받는 그 어떤 위로의 대치물로서의 섬이란 바로 사람 자신이겠지요.

사람이란 사람에게 입은 마음의 상처를 결국은 사람을 통해 치료받는 존재이지요. 이 섬이란 시 또한 이런 사람과 사람 사이의 관계를 절묘하게 함축시킨 시라고 할 수 있습니다.

무명도 無名島

이생진

저 섬에서
한 달만 살자
저 섬에서
한 달만
뜬눈으로 살자
저 섬에서
한 달만
그리운 것이
없어질 때까지
뜬눈으로 살자

시인의 시 이야기

무명도無名島는 이생진 시인의 베스트 시집 《그리운 바다 성산포》에 실린 시입니다. 무명도란 이름 없는 섬, 즉 무인도를 말하지요. 그 섬에서 뜬눈으로 그리운 것이 없어질 때까지 한 달만 살자는 시인의 목소리엔, 세상 욕망과 그리움으로부터 자신을 지켜내려는 깨끗한 의지가 시냇물처럼 흐릅니다. 복잡하고 마음 무거운 현실에서 마음을 맑게 씻어주는 시가 아닌가 합니다.

시는 그 짧은 함축적인 표현에서도 긴 장편 소설에서 얻을 수 있는 깊은 감동을 얻게 하는 큰 울림이 있습니다. 그런데 안타깝게도 이 시대를 일컬어 시를 읽지 않는 시대라고 말합니다. 시가 어려워서도 그렇지만 인터넷과 게임 등이 영향이 큽니다. 참으로 애석한 일이 아닐 수 없습니다. 게임이니, 인터넷이니 하는 것 따위가 그 아무리 위세를 떨친다 해도 종이책에서 활자 냄새를 맡으면서 읽는 감동엔 절대로 미치지 못합니다.

시를 읽어야 합니다. 우리들의 지치고 피곤한 몸과 마음은 샘물처럼 잔잔하고 투명한 시를 읽음으로써 위안을 받고 새로운 힘을 얻어야 합니다. 그렇습니다. 시는 인간 마음의 영원한 본향本鄕이므로 시를 읽음으로써 그 본향으로 돌아가야 합니다.

우리가 물이 되어

강은교

우리가 물이 되어 만난다면
가문 어느 집에선들 좋아하지 않으랴
우리가 키 큰 나무와 함께 서서
우르르 우르르 비 오는 소리로 흐른다면

흐르고 흘러서 저물녘엔
저 혼자 깊어지는 강물에 누워
죽은 나무뿌리를 적시기라도 한다면
아아, 아직 처녀인
부끄러운 바다에 닿는다면

그러나 지금 우리는
불로 만나려 한다
벌써 숯이 된 뼈 하나가
세상에 불타는 것들을 쓰다듬고 있나니

만 리 밖에서 기다리는 그대여
저 불 지난 뒤에
흐르는 물로 만나자

푸시시 푸시시 불 꺼지는 소리로 말하면서
올 때는 인적 그친
넓고 깨끗한 하늘로 오라

시인의 시 이야기

물은 사람에게도, 꽃과 나무에게도, 동물에게도 반드시 필요합니다. 물이 없다면 살 수 없기 때문이지요. 그래서 물과 같은 사람은 누구에게도 반드시 필요하며 특히, 사랑하는 사람들은 서로에게 물과 같은 존재가 되어야 합니다. 또한 물은 높은 곳에서 낮은 곳으로 흐르고, 흐르다 막히면 멈추었다가 물이 넘치면 둑을 타고 흐르고, 틈이 있으면 틈으로 흐릅니다. 억지로 흐르지 않은 게 물이지요. 이에 대해 노자는 이렇게 말했습니다.

"가장 좋은 것은 물과 같다. 물은 아무와 다투지 않고 무엇을 억지로 하는 법이 없다. 그러면서도 만물을 이롭게 한다. 물은 사람들이 싫어하는 낮은 곳에 몸을 둔다."

노자의 말을 사랑하는 사람들의 관점에서 바꿔 말하면 사랑하는 사람들끼리는 서로를 위해주고 아껴줌으로써 다투지 말며, 억지로 상대에게 강요해서도 안 됩니다. 또한 상대가 좋아하는 일을 함으로써 상대를 이롭게 하고 기쁘게 해야 합니다. 즉 사랑하는 사람이 행복할 수 있도록 해야 합니다. 그것은 곧 자신을 이롭게 하고 행복하게 하는 일이지요.

시인은 '물'의 특성과 존재의 의미를 시에 적용함으로써 '우리가 물이 되어'라는 시를 창작했음을 알 수 있고, 그럼으로써 시적 효과를 거두었지요. 그런데 이 시에서의 표현처럼 요즘 사람들 중엔 물이 아닌 불로 만나려고 하고, 만나서는 결국 숯이 된 뼈가 되는 사람들이 있지요. 이는 서로를 불행하게 하는 비창조적이고, 비생산적인 일이랍니다.

그렇습니다. 물로 만나 서로에게 물 같은 존재가 되어야 합니다. 그렇게 했을 때 참다운 사랑을 하게 되고 가치 있게 살아감으로써 행복한 너와 나, 그리고 우리가 될 수 있을 테니까요.

편지

김남조

그대만큼 사랑스러운 사람을 본 일이 없다 그대만큼
나를 외롭게 한 이도 없었다 이 생각을 하면 내가 꼭 울
게 된다

그대만큼 나를 정직하게 해준 이가 없었다 내 안을
비추는 그대는 제일로 영롱한 거울, 그대의 깊이를 다
지나가면 글썽이는 눈매의 내가 있다 나의 시작이다

그대에게 매일 편지를 쓴다
한 구절 쓰면 한 구절을 와서 읽는 그대, 그래서 이
편지는 한 번도 부치지 않는다

시인의 시 이야기

김남조 시인의 시는 마치 구도자의 그것과도 같은 색채를 띠고 있습니다. 그것은 마치 종교인의 신념과도 같은 것이지요. 그래서 시인의 시를 읽고 나면 마음이 엄숙해지고 경건해지곤 합니다.

그런데 〈편지〉라는 시에는 이런 구도자적인 느낌이 없습니다. 보통 사람들의 사랑의 정서가 잔잔하게 그러나 분명하게 전해지지요.

1연을 보면 시적 화자가 사랑하는 '그대'는 너무도 사랑스런 존재, 그러나 시적 화자를 외롭게 하는 존재라는 걸 알 수 있습니다. 그런 까닭에 시적 화자는 '그대'를 생각하면 울게 된다고 말합니다. 그리고 2연을 보면 시적 화자가 사랑하는 '그대'는 시적 화자를 정직하게 해주는 올곧은 사람이라는 걸 알 수 있고, 시적 화자에게는 삶의 거울과도 같은 존재라는 걸 알 수 있습니다. 또한 3연에서 시적 화자는 '그대'에게 매일 편지를 쓰지만 한 번도 부치지 않습니다. 그것은 '그대'가 한 구절을 쓰면 한 구절을 와서 읽기 때문이라고 말합니다.

〈편지〉라는 시에서 시적 화자는 '그대'를 무척이나 사랑한다는 걸 알 수 있습니다. 그러했기에 이처럼 사랑하는 이에 대한 사랑의 '진정성'을 잘 보여주었다는 생각이 드는군요.

당신에게도 매일 편지를 쓰고 싶은 그 누군가가 있나요? 그렇다면 당신 또한 편지를 써보세요. 당신이 한 구절을 쓸 때마다 와서 한 구절씩 읽게 말이지요. 이토록 사랑하는 사람이 있다는 것은 행복이자 크나큰 축복이랍니다.

해가 산마루에 저물어도

김소월

해가 산마루에 저물어도
내게 두고는 당신 때문에 저뭅니다

해가 산마루에 올라와도
내게 두고는 당신 때문에 밝은 아침이라고 할 것입니다

땅이 꺼져도 하늘이 무너져도
내게 두고는 끝까지 모두 다 당신 때문에 있습니다

다시는, 나의 이러한 맘뿐은, 때가 되면,
그림자같이 당신한테로 가오리다

오오, 나의 애인이었던 당신이여

시인의 시 이야기

이 시의 시적 화자는 모든 것이 온통 '당신'에게 즉, '사랑하는 사람'에게 맞춰져 있습니다. 그러한 시적 화자의 심정을 김소월 시인은 '해가 산마루에 저물어도 / 내게 두고는 당신 때문에 저뭅니다. // 해가 산마루에 올라와도 / 내게 두고는 당신 때문에 밝은 아침이라고 할 것입니다. // 땅이 꺼져도 하늘이 무너져도 / 내게 두고는 끝까지 모두 다 당신 때문에 있습니다'라고 간결하면서도 평이한 시어로 담백하게 표현합니다. 그리고 '때가 되면, 그림자같이 당신한테로 가오리다'라는 표현에서 시적 화자가 사랑하는 사람을 얼마나 사랑하는지를 잘 알게 합니다. 시적 화자로부터 이런 사랑을 받는 '사랑하는 사람'은 얼마나 행복할까요. 참으로 넘치는 사랑이 아닐 수 없습니다.

이 시처럼 김소월 시인의 시는 대개가 쉽고 간결하지요. 그럼에도 그 어느 누구도 범접할 수 없는 그만의 시적 성취가 있는 것은 왜일까요. 그것은 바로 김소월만의 표현력에 있습니다. 쉽고 간결하지만 아무나 흉내 낼 수 없는 그만의 표현법은 과거의 모든 시인들이나 현존하는 모든 시인들 중에서도 그를 최고의 시인의 자리에 오르게 했지요.

혹자는 우리나라 최고의 시인을 공공연하게 '백석'이라고 하지만, 나는 누가 뭐래도 제일 윗자리에 김소월 시인을 올립니다. 그리고 윤동주, 백석, 한용운 등을 올리지요. 물론 이는 어디까지나 내가 보는 관점이지만, 언젠가 우리나라 최고의 시인을 누구라고 생각하느냐는 설문조사에서 김소월 시인을 최고의 시인으로 꼽은 걸 보면 우리나라 국민들 또한 김소월 시인을 최고로 여기는 것 같습니다.

좋은 시를 많이 읽어야 합니다. 좋은 시는 마음의 자양분이 되고, 상상력을 잉태시키는 참 좋은 언어의 양식이기 때문입니다.

행복

유치환

- 사랑하는 것은
사랑을 받느니보다 행복하나니라
오늘도 나는
에메랄드빛 하늘이 훤히 내다뵈는
우체국 창문 앞에 와서 너에게 편지를 쓴다

행길을 향한 문으로 숱한 사람들이
제각기 한 가지씩 생각에 족한 얼굴로 와선
총총히 우표를 사고 전보지를 받고
먼 고향으로 또는 그리운 사람께로
슬프고 즐겁고 다정한 사연들을 보내나니

세상의 고달픈 바람결에 시달리고 나부끼던
더욱더 의지 삼고 피어 헝클어진 인정의 꽃밭에서
너와 나의 애틋한 연분도
한 망울 연연한 진홍빛 양귀비꽃인지도 모른다

- 사랑하는 것은
사랑을 받느니보다 행복하나니라
오늘도 나는 너에게 편지를 쓰나니

- 그리운 이여, 그러면 안녕!
설령 이것이 이 세상 마지막 인사가 될지라도
사랑하였으므로 나는 진정 행복하였네라

시인의 시 이야기

유치환 시인의 시 〈행복〉을 읽고 나면 진정한 행복이 무엇인지에 대해 알게 됩니다. 사람들은 대개 사랑하는 이로부터 사랑을 받을 때 더 큰 행복을 느낀다고 생각합니다. 그래서 사랑하는 이로부터 더 많은 사랑을 받으려고 하지요. 그런데 유치환 시인은 사랑을 받을 때보다 줄 때 더 행복하다고 말합니다. 내 사랑을 사랑하는 이에게 준다는 것은 나를 주는 것과 같습니다. 내 사랑, 내 마음, 내 생각까지도 사랑하는 사람에게 주는 것이니까요.

사랑하는 이에게 사랑을 주면 더 큰 행복과 삶의 기쁨을 누리게 된다는 이 시의 의미는 그래서 더욱 사람들의 공감을 얻기에 충분합니다. 이는 비단 사랑하는 사람에게서만은 아닙니다. 나와 상관없는 사람들에게 사랑을 베풀었을 때 느끼는 행복 또한 매우 크지요. 봉사활동을 하거나 남을 도와주었을 때 느끼는 그 기분은 느껴 본 사람이 아니고서는 도저히 느낄 수 없는 감정이니까요.

왠지 모르게 마음이 환해지며 가슴 저 깊은 곳으로부터 기쁨이 뭉게구름처럼 솔솔 피어오르는 것을 느끼게 되는데, 이것이 바로 남에게 베푼 사랑에 대한 대가라고 할 수 있지요. 그러니까, 내가 베푸는 사랑은 곧 자신을 행복하게 하는 아름다운 축복의 행위라는 것이지요.

사랑을 주는 것이 받는 것보다 행복하다는 이 시의 시구처럼 사랑하는 사람에게나 또는 어려움에 처한 사람에게 먼저 다가가 손을 내밀어 사랑하고, 사랑을 베푸는 능동적인 삶은 그래서 더욱 아름다운 것입니다. 그렇습니다. 진정한 행복을 바란다면 내가 먼저 사랑을 주십시오. 그것은 곧 자신을 위한 아름답고 가치 있는 일이니까요.

향수

정지용

넓은 벌 동쪽 끝으로
옛이야기 지줄대는 실개천이 휘돌아 나가고
얼룩백이 황소가
해설피 금빛 게으른 울음을 우는 곳

-그곳이 차마 꿈엔들 잊힐리야

질화로에 재가 식어지면
비인 밭에 밤바람 소리 말을 달리고
엷은 졸음에 겨운 늙으신 아버지가
짚베개를 돋아 고이시는 곳

-그곳이 차마 꿈엔들 잊힐리야

흙에서 자란 내 마음
파아란 하늘 빛이 그리워
함부로 쏜 화살을 찾으러
풀섶 이슬에 함초롬 휘적시든 곳

-그곳이 차마 꿈엔들 잊힐리야

전설바다에 춤추는 밤물결 같은
검은 귀밑머리 날리는 어린 누이와
아무렇지도 않고 예쁠 것도 없는
사철 발 벗은 아내가
따가운 햇살을 등에 지고 이삭 줍던 곳

-그곳이 차마 꿈엔들 잊힐리야

하늘에는 성근 별
알 수도 없는 모래성으로 발을 옮기고
서리 까마귀 우지짖고 지나가는 초라한 지붕
흐릿한 불빛에 돌아앉아 도란도란 거리는 곳

-그곳이 차마 꿈엔들 잊힐리야

시인의 시 이야기

이 시가 널리 알려지게 된 것은 테너 박인수와 가수 이동원이 함께 부른 노래 때문이지요. 〈향수〉를 작곡한 이는 대중가요 작곡가인 김희갑 작곡가입니다. 처음 이 노래를 들었을 때 대중가요 작곡가로 어떻게 저처럼 멋진 곡을 썼나 하는 생각에 자료를 찾아본 적이 있습니다. 시 〈향수〉가 담고 있는 시의 의미를 너무도 잘 살린 수준 높은 곡이 아닐 수 없습니다.

〈향수〉는 이토록 아름다운 시지만, 정지용 시인이 한국전쟁 당시 납북되었다는 이유로 출판과 사용이 금지되었다가, 1988년 납북과 월북 작가의 작품에 대한 해금 조치로 작품집 출판과 작품 사용이 자유로워졌지요. 이처럼 아름다운 시가 오랫동안 묻혀있었다는 것은 참으로 불행하고 안타까운 일이지만, 그랬기에 더욱 값진 작품으로 평가받고 있습니다.

시 〈향수〉는 고향에 대한 짙은 서정이 아름답고 토속적인 시어로 인해 더욱 빛을 발하지요. 이를 잘 알게 하는 것이 '얼룩백이 황소가 / 해설피 금빛 게으른 울음을 우는 곳,' 이라든가 '풀섶 이슬에 함초롬 휘적시든 곳,' 이라든가 '하늘에는 성근 별 / 알 수도 없는 모래성으로 발을 옮기고'라는 표현인데, 이로 인해 〈향수〉는 읽는 이의 마음 깊이 감동을 불러일으키지요.

그래서일까, 이 시를 읽고 나면 고향을 떠난 사람들은 더욱 고향을 그리워하게 되고, 고향을 더욱 사랑하게 되지요. 이처럼 좋은 시가 우리에게 있다는 것은 아름다운 행복이자 축복이랍니다.

별 헤는 밤

윤동주

계절이 지나가는 하늘에는
가을로 가득 차 있습니다

나는 아무 걱정도 없이
가을 속의 별들을 다 헤일 듯합니다

가슴속에 하나둘 새겨지는 별을
이제 다 못 헤는 것은
쉬이 아침이 오는 까닭이요
내일 밤이 남은 까닭이요
아직 나의 청춘이 다하지 않은 까닭입니다

별 하나에 추억과
별 하나에 사랑과
별 하나에 쓸쓸함과
별 하나에 동경과
별 하나에 시와
별 하나에 어머니, 어머니

어머님, 나는 별 하나에 아름다운 말 한 마디씩 불러봅니다
소학교 때 책상을 같이 했던 아이들의 이름과 패(佩), 경(鏡), 옥(玉) 이런 이국 소녀들의 이름과, 벌써 애기 어머니 된 계집애들의 이름과 가난한 이웃 사람들의 이름과 비둘기, 강아지, 토끼, 노새, 노루, 프랑시스 잠, 라이너 마리아 릴케 이런 시인의 이름을 불러 봅니다

이네들은 너무나 멀리 있습니다
별이 아슬히 멀듯이

어머님
그리고 당신은 멀리 북간도에 계십니다

나는 무엇인지 그리워
이 많은 별빛이 나린 언덕 위에
내 이름자를 써 보고
흙으로 덮어 버리었습니다

딴은, 밤을 새워 우는 벌레는
부끄러운 이름을 슬퍼하는 까닭입니다

그러나 겨울이 지나고 나의 별에도 봄이 오면
무덤 위에 파란 잔디가 피어나듯이
내 이름자 묻힌 언덕 위에도
자랑처럼 풀이 무성할 거외다

시인의 시 이야기

사랑하는 어머니와 집을 떠나 머나먼 객지에서 생활하다 보면 하잘것없는 것까지 다 그립고 보고 싶지요. 하물며 자식을 사랑하는 어머니는 오죽이나 할까요. 그래서일까, 시 〈별 헤는 밤〉을 읽고 나면 가슴 저 밑바닥으로부터 슬픈 눈물 같은 그리움이 솟구쳐 오릅니다. 고향을 떠나 사랑하는 어머니를 그리워하는 시인의 절절한 그리움에 목이 메는 까닭이지요.

윤동주 시인은 북간도에 계시는 어머니를 그리워하며 어린 시절 함께 공부했던 친구들, 패, 경, 옥이라는 이국 소녀들, 벌써 엄마가 된 계집애들, 가난한 이웃 사람들은 물론이거니와 하다못해 비둘기, 강아지, 토끼, 노새, 노루까지도 그리운 것이지요. 게다가 자신이 읽었던 책을 쓴 '프랑시스 잠', '라이너 마리아 릴케' 같은 시인까지도 그리워 이름을 불러보는 그 심정은 얼마나 사무칠까요.

나는 어린 시절 이 시를 읽고 '별 하나에 추억과 / 별 하나에 사랑과 / 별 하나에 쓸쓸함과 / 별 하나에 동경과 / 별 하나에 시와 / 별 하나에 어머니, 어머니' 하며 외우던 생각이 나는군요.

'별'이 주는 맑고 투명한 이미지는 '사랑, 그리움'이란 정서와는 너무도 잘 어울려 이 시는 더더욱 그리움에 대한 정서를 깊이 각인시킵니다. 그런데 이 시는 그리움만을 노래하는 시가 아닙니다. 이 시는 식민지 시대를 벗어나 광복을 이뤄야 한다는 강한 의지의 시적 자아를 잘 보여주고 있지요. 시인의 바람대로 광복을 하고 대한민국은 오늘날 세계 속의 중심 국가로 우뚝 솟았지요.

윤동주 시인, 그는 가고 없지만 그가 남긴 절절한 시는 오늘 밤도 누군가의 가슴에 '별'이 되어 반짝이며 빛나고 있습니다.

갈대

신경림

언제부턴가 갈대는 속으로
조용히 울고 있었다.
그런 어느 밤이었을 것이다.
그의 온몸이 흔들리고 있는 것을 알았다.

바람도 달빛도 아닌 것
갈대는 저를 흔드는 것이
제 조용한 울음인 것을
까맣게 몰랐다.

- 산다는 것은 속으로 이렇게
조용히 울고 있는 것이란 것을
그는 몰랐다.

시인의 시 이야기

오래전 충청북도 단양을 지나던 중 붉게 지는 노을이 하도 예뻐 차를 길가에 세우고 밖으로 나와 한참을 바라보았던 적이 있습니다. 유유히 흐르는 남한강은 붉은 노을빛에 붉게 물들고, 강변엔 갈대들이 하얗게 흔들리고 있었지요. 바람이 부는 대로 한 치의 오차도 없이 몸을 흔들며 춤을 추는 갈대들의 춤사위가 마치 어느 드라마에서 본 궁중의 무녀들 같았습니다. 그 모습이 어찌나 아름답던지 나는 넋을 놓고 바라보았지요. 갈대는 바람에 흔들릴지언정 꺾이지 않습니다. 바람의 흐름에 따라 흔들림으로써 바람을 이겨내기 때문이지요.

시인은 시에서 언젠가부터 갈대가 속으로 울고 있었고, 저를 흔드는 것이 조용한 '울음'인 줄 까맣게 몰랐다고 말하며, 이어 산다는 것은 속으로 조용히 울고 있다는 것을 몰랐다고 말합니다.

시 〈갈대〉를 통해 사람은 누구나 속으로 울고 있다는 것과 그 울음으로 흔들리면서 길을 가고 있다는 것과 울음을 욺으로써 살아간다는 것을 느끼게 됩니다. 여기서 울음은 부정적인 이미지의 슬픔이 아니라, 나를 살아가게 하는 '힘'을 말하지요.

신경림 시인은 갈대의 속성을 시 〈갈대〉로 형상화함으로써 삶의 의미를 이야기하고 있습니다. 그렇습니다. 그 어떤 삶 앞에서도 우리는 흔들릴지언정 쓰러지지 말아야 합니다. 비록 울음을 울더라도 저마다의 삶을 살아야 하겠습니다.

가정

박목월

지상에는
아홉 켤레의 신발
아니 현관에는, 아니 들깐에는
아니 어느 시인의 가정에는
알전등이 켜질 무렵을
문수文數*가 다른 아홉 켤레의 신발을

내 신발은
십구문반十九文半
눈과 얼음의 길을 걸어
그들 옆에 벗으면
육문삼六文三의 코가 납작한
귀염둥아 귀염둥아
우리 막내둥아
미소微笑하는
내 얼굴을 보아라
얼음과 눈으로 벽壁을 짜올린
여기는 지상
연민憐憫한 삶의 길이여
내 신발은 십구문반十九文半

아랫목에 모인
아홉 마리의 강아지야
강아지 같은 것들아
굴욕屈辱과 굶주림과 추운 길을 걸어
내가 왔다
아버지가 왔다
아니 십구문반十九文半의 신발이 왔다.
아니 지상에는
아버지라는 어설픈 것이
존재한다
미소하는
내 얼굴을 보아라

* 문文 : 신의 크기를 나타내는 단위. 1문은 약 2.4㎝

시인의 시 이야기

나는 박목월 시인의 시〈가정〉을 읽을 때마다 진한 가정의 사랑과 행복을 느낍니다. 가난한 시인의 가족. 아홉 켤레의 신발은 더더욱 가난이 묻어나게 합니다. 그러나 슬픈 가난이나 추한 가난이 아니라 정이 새록새록 묻어 있는 아름다운 가난입니다.

당신은 아름다운 가난이란 표현에 대해 어떻게 생각하나요? 혹시 말 같지 않은 얘기라 생각지는 않나요? 가난에 무슨 아름다움이 있느냐고 되묻고 싶지요? 그러나 이 시에서 보여주는 가난은 아름다운 가난이 아닐 수 없습니다.

지금은 식구가 많아야 셋 또는 넷 정도입니다만, 수십 년 전엔 보통 여섯, 일곱, 많게는 열 명도 넘는 집이 허다했습니다. 경제 사정도 지금보다는 상상할 수 없을 만큼 열악해서 보릿고개라는 말도 있었던 때였습니다. 박목월 시인의 집엔 아홉 명이 넘는 식구가 있으니 얼마나 살기가 힘들었을지는 굳이 설명이 필요 없겠지요.

그렇습니다. 참으로 힘들고 어려운 형편이었습니다. 그러나 박목월 시인은 어린 자식들을 향해 "아홉 마리의 강아지야, 강아지 같은 것들아"하고 말합니다. 그러고는 굴욕과 굶주림과 추운 길을 걸어 내가 왔다고 말합니다.

나는 이 대목에서 눈물이 핑 돌았습니다. 자식들을 위해, 가정의 행복을 위해 힘들고 어려운 일을 만나도 묵묵히 참고 아버지의 길을 걸어갔던 이 땅 위에 많은 아버지들과 지금 이 순간도 굴욕을 참으며 걸어가고 있는 많은 아버지들의 처진 어깨가 생각났기 때문입니다. 그리고 나 역시 그런 아버지이기 때문입니다.

우리가 분명히 알아야 할 것이 있습니다. 아무리 못나고 부족하고 가난한 아버지도 분명 우리들의 아버지며 남편입니다. 아버지는 이 땅을 지켜 오신 분들이고, 또 지켜나가야 할 사람들입니다. 오늘 당신의 아버지에게 진심을 담아 "아버지, 사랑합니다"라고 말해보기 바랍니다. 아버지는 그 말 한마디로도 무척 가슴 뿌듯해하며 행복해할 겁니다.

내가 만난 사람은 모두 아름다웠다

이기철

잎 넓은 저녁으로 가기 위해서는
이웃들이 더 따뜻해져야 한다
초승달을 데리고 온 밤이 우체부처럼
대문을 두드리는 소리를 듣기 위해서는
채소처럼 푸른 손으로 하루를 씻어놓아야 한다
이 세상에 살고 싶어서 별을 쳐다보고
이 세상에 살고 싶어서 별 같은 약속도 한다
이슬 속으로 어둠이 걸어 들어갈 때
하루는 또 한번의 작별이 된다
꽃송이가 뚝뚝 떨어지며 완성하는 이별
그런 이별은 숭고하다
사람들의 이별도 저러할 때
하루는 들판처럼 부유하고
한 해는 강물처럼 넉넉하다
내가 읽은 책은 모두 아름다웠다
내가 만난 사람도 모두 아름다웠다
나는 낙화만큼 희고 깨끗한 발로
하루를 건너가고 싶다
떨어져서도 향기로운 꽃잎의 말로
내 아는 사람에게
상추잎 같은 편지를 보내고 싶다

시인의 시 이야기

이 시를 읽고 나면 가슴속에서 맑은 시냇물 소리가 졸졸 흐르는 것 같습니다. 어찌나 마음이 맑아지고 따뜻해지는지 내 마음속엔 이루 말할 수 없는 행복의 물결로 가득 넘쳐납니다. 한 편의 시가 이처럼 사람의 마음을 감동시킬 수 있다니!

시구 하나하나가 비단결처럼 너무도 곱고 아름다운 시어로 잘 짜여 있지요. 이런 시를 쓸 수 있다는 것은 시인으로서 대단한 긍지를 느끼게 할 것입니다. 아무나 이런 시를 쓸 수 없기 때문이니까요. 이 시를 볼 때 이 시를 쓴 시인은 온유하고 정이 넘치는 마음의 소유자일 거라는 생각이 듭니다. 그렇지 않고서는 이런 시를 절대로 쓸 수 없을 테니까요.

이 시의 특징은 샘물처럼 맑고 깨끗한 서정이 시 전체를 관통하고 있다는 것입니다. 이 세상에 살고 싶어 별을 쳐다보고 별 같은 약속을 한다는 표현에서 시인은 이 세상을 너무도 사랑한다는 것을 알 수 있습니다. 이런 마음으로 산다면 그 어떤 시련이 다가와도 능히 이겨내어 스스로를 행복하게 하리라 여겨집니다. 그리고 시인은 말합니다. '내가 읽은 책과 내가 만난 사람은 모두 아름다웠다'라고.

이 얼마나 의연하게도 삶을 달관한 자세인가요. 이는 삶을 너무도 아끼고 사랑하는 사람만이 할 수 있는 표현이지요. 참 아름답도록 멋지고 넉넉한 시가 아닐 수 없습니다.

물가에서의 하루

천양희

하늘 한쪽이 수면에 비친다
물총새가 물속을 들여다보고
소금쟁이 몇 개 여울을 만든다
내가 세상에 와 첫 눈을 뜰 때
나는 무엇을 보았을까
하늘보다는 나는 새를
물보다는 물 건너가는 바람을 보았기를 바란다
나는 또 논두길 너머 잡목숲을
숲 아래 너른 들판을 보았기를 바란다
부산한 삶이 거기서 시작되면
삶에 대해 많은 것을 바라지 않기를 바랐을 것이다
산그늘이 물속까지 따라온다
일렁이는 물결 속 청둥오리들
나보다도 더 오래 물 위를 헤맨다
너는 아는구나
세상에서 가장 좋은 것이 물이라는 걸 아는구나
오늘따라 새들의 날개짓이 훤히 보인다
작은 잡새라도 하늘에다 커다란 원을 그리고
낮게 내려갔다 다시 솟아오른다

비상! 절망할 때마다 우린 비상을 꿈꾸었지
날개가 있다면…
날 수만 있다면…
날개는 언제나 나는 자의 것이다
뱃전에 기대어 날지 않는 거위를 생각한다
거위의 날개를 생각한다
물은 왜 고이면 썩고
거위는 왜 새이면서 날지 않는가
해가 지니 물소리도 깊어진다
살아 있는 것들의 모든 속삭임이
물이 되어 흐른다면…
물소리여 너는 세상에 대해 무엇이라 대답할까
또 소리칠까 소리칠 수 있을까

시인의 시 이야기

천양희 시인의 시 〈물가에서의 하루〉는 부드럽고 서정적이면서도 만만치 않은 사유로 깊이 있는 시적 성찰을 잘 보여줍니다. 시인은 물가에 놀러 갔다가 많은 생각을 했던 것 같습니다. 보통 사람들이야 물가에서의 하루를 가뿐한 마음으로 즐겁게 보내는 것이 인지상정이지요. 그런데 천양희 시인은 시인의 본능을 유감없이 보여주었지요.

시인은 말합니다. '작은 잡새도 하늘에다 커다란 원을 그리며 낮게 내려갔다가 솟아오른다고, 비상한다'고 말입니다.

그런데 사람들 중엔 절망할 때마다 죽음을 생각하고 이별을 생각하는 사람들이 많습니다. 하늘을 향해 힘차게 솟아오를 생각은 접어둔 채 눈물을 뚝뚝 흘리며 사는 게 뭐, 같다며 푸념을 해대지요. 이는 자신의 인생에 대해 철저하게 모독하는 행위와도 같습니다. '날개만 있다면, 아아, 날개만 있다면' 하고 소리치지만 막상 날개가 주어져도 날지 못하는 사람들이 많은 게 현실이니까요.

거위는 날개가 있지만 날지를 못합니다. 날지 못하는 날개는 더 이상 날개가 아닌 것처럼 자신에게 주어진 삶의 날개를 펴고 날지 못한다면 거위와 같은 사람에 불과하지요. 물은 고이면 썩습니다. 썩어서 악취를 풍기지요. 썩은 물은 죽은 물입니다. 죽은 물엔 생명이 살지 않습니다. 그러나 흐르는 물엔 이끼가 끼지 않습니다. 흐르면서 많은 생물을 키워내고 굽이굽이 흘러 바다에 이르지요. 우리는 누구나 늘 흐르는 맑고 푸른 강물이 되어야 합니다.

편안한 사람

문정희

오후가 되면
어김없이
햇살이 찾아드는 창가

오래전부터 거기 놓여 있는
의자만큼
편안한 사람과
차를 마신다

순간인 듯
바람이 부서지고

낮은 목소리로 다가드는 차맛은
고뇌처럼 향기롭기만 하다

두 손으로 받쳐 들어도
온화한 찻잔 속에서
잠시 추억이 맴돈다

이제 어디로 가야 할까?
우리가 이렇게 편안한 의자가 되고
뜨거웠던 시간이
한 잔의 차처럼 조용해진 후에는…

오후가 되면
어김없이 햇살이 찾아드는 창가
편안한 사람과 차를 마신다

시인의 시 이야기

이 시를 읽고 나서 '남들에게 나는 과연 어떤 사람일까, 어떤 모습으로 비춰질까'라는 생각이 문득 들었습니다. 하지만 나는 그다지 편안한 사람처럼 보이는 인상이 아닙니다. 깐깐하고 샤프하게 생긴 외모로 인해 나를 처음 본 사람에게 차가운 사람처럼 보인다는 말을 종종 듣곤 하니까요. 그래서 어떤 땐 속이 상할 때도 있고 억울할 때도 있음을 고백합니다. 사실 나는 생긴 것과는 다르게 부드럽고 따뜻한 면도 많습니다. 그럼에도 나는 나의 샤프한 외모로 인해 오해 아닌 오해를 감수해야만 합니다.

나는 이 시를 읽고 '편안한 사람'에 대해 나름대로 규정을 지어보았는데, 이런 사람이 아닐까 합니다.

오랜 의자같이 낡아서 오히려 다정한 사람
내 몸 구석구석을 모두 알아버린
헐렁해지고 축 늘어진 옷처럼 부담스럽지 않은 사람
무슨 말을 해도 다 받아주며 허허허 호호호 웃어넘기는 사람
한여름 무더운 날 동구 밖 푸른 느티나무같이 속이 넉넉한 사람

등 기대어 편히 쉴 수 있는 벽처럼 든든한 사람
그저 바라보고만 있어도 마음이 고요해지고 넉넉해지는 사람
시골집 뒤란 장독대 평퍼짐한 막장 항아리처럼
둥글둥굴한 마음을 가진 사람
그 무슨 말이라도 군소리 없이 다 들어줄 것만 같은 사람
함께 하는 것만으로도 그냥 즐겁고
없으면 두고두고 생각나는 그리운 사람

나는 이런 사람이 곁에서 웃고 있다면 나의 모두를 걸고 싶습니다. 아니, 나의 모두를 다 바치고 싶습니다. 그가 누우라면 눕고 서라면 서고 웃으라면 웃고 가라면 가고 오라면 한달음에 달려오고 싶습니다. 나도 낡고 오래된 의자처럼, 등 기대고 편히 쉴 수 있는 벽처럼 누군가에게 편안한 사람이 되고 싶습니다. 사랑이 되고 싶습니다.

섶섬이 보이는 방

나희덕

서귀포 언덕 위 초가 한 채
귀퉁이 고방을 얻어
아고리와 발가락군은 아이들을 키우며 살았다
두 사람이 누우면 꽉 찰,
방보다는 차라리 관에 가까운 그 방에서
게와 조개를 잡아먹으며 살았다
아이들이 해변에서 묻혀온 모래알이 버석거려도
밤이면 식구들의 살을 부드럽게 끌어안아
조개껍데기처럼 입을 다물던 방,
게를 삶아 먹은 게 미안해 게를 그리는 아고리와
소라껍데기를 그릇 삼아 상을 차리는 발가락군이
서로의 몸을 끌어안던 석회질의 방,
방이 너무 좁아서 그들은
하늘로 가는 사다리를 높이 가질 수 있었다
꿈 속에서나 그림 속에서
아이들은 새를 타고 날아다니고
복숭아는 마치 하늘의 것처럼 탐스러웠다
총소리도 거기까지는 따라오지 못했다

섶섬이 보이는 이 마당에 서서
서러운 햇빛에 눈부셔 한 날 많았더라도
은박지 속의 바다와 하늘,
게와 물고기는 아이들과 해 질 때까지 놀았다
게가 아이의 잠지를 물고
아이는 물고기의 꼬리를 잡고
물고기는 아고리의 손에서 파닥거리던 바닷가,
그 행복조차 길지 못하리란 걸
아고리와 발가락군은 알지 못한 채 살았다
빈 조개껍데기에 세 든 소라게처럼

시인의 시 이야기

박수근과 함께 우리나라의 대표적인 화가, 이중섭.

그는 일본인 처와 아이들과 함께 제주도 서귀포에 머물며 한때를 보낸 적이 있습니다. 그의 가족이 기거하던 방은 두 사람이 눕기에도 부족할 만큼 비좁았다고 합니다. 그는 그곳에 머물며 아이들과 수영도 하고 게와 조개를 잡으며 행복한 시간을 보냈습니다. 지독히도 가난했지만 이때가 이중섭의 생애에 있어 가장 행복한 시절이었지요.

그러나 아내와 아이들을 일본으로 보내고 나서 그의 생활은 완전히 뒤바뀌고 말았습니다. 그는 아내와 아이들에 대한 그리움을 이기지 못하고 폭음을 하곤 했습니다. 제대로 먹지를 못해 영양실조에 걸리고 병이 악화되어 그리운 가족을 보지도 못한 채 세상을 떠나고 말았습니다. 참으로 안타깝고 슬픈 일이 아닐 수 없습니다. 〈섶섬이 보이는 방〉은 이중섭이 가족과 한때 머물던 제주도 서귀포에 있는 집을 방문하고 쓴 시이지요. 이 시를 읽다 보면 마치 한 편의 동화를 보는 듯 여겨집니다.

사람들의 최대 희망 사항은 행복하게 사는 것이지요. 행복은 삶을 즐겁게 하고 기쁘게 하니까요. 그래서 사람들은 누구나 행복해지기를 소망하는 것입니다. 이중섭이 비록 가난했지만 한때나마 행복했던 것은 사랑하는 가족이 함께했기 때문입니다. 그러나 그는 행복의 조건이었던 사랑하는 가족과 헤어져 살게 되면서 삶의 의욕을 잃어버리고 불행 속에서 삶을 보냈으니, 행복의 조건인 가족이 얼마나 소중한 존재인지 다시금 생각해보게 됩니다.

처음 가는 길

도종환

아무도 가지 않은 길은 없다
다만 내가 처음 가는 길일 뿐이다
누구도 앞서 가지 않은 길은 없다
오랫동안 가지 않은 길이 있을 뿐이다
두려워 마라 두려워했지만
많은 이들이 결국 이 길을 갔다
죽음에 이르는 길조차도
자기 전 생애를 끌고 넘은 이들이 있다
순탄하기만 한 길은 길 아니다
낯설고 절박한 세계에 닿아서 길인 것이다

시인의 시 이야기

첫사랑, 첫눈, 첫 출근, 첫 등교 등 '처음'이라는 말에선 풋풋하고 상큼한 풀잎 냄새가 납니다. '처음'이라는 낱말엔 신선함, 새로움, 기대감의 의미가 담겨있기 때문이지요. 이 세상에 처음이란 관문 없이 이루어진 것은 없습니다. 그 어떤 것도 처음이란 관문을 열고 시작되었지요.

그런데 많은 사람들은 처음의 과정을 무시하고 충만한 결과만을 기다립니다. 노력 없이 성과만을 얻고자 하는 어리석음으로 가득 찼다는 말이지요. 자신이 진정 만족한 결과를 얻고자 한다면 그만큼의 노력을 기울여야 합니다. 그저 얻어지는 삶은 뿌리 없는 나무와 같아 행복의 진정성을 느낄 수 없답니다. 아니, 느낀다고 해도 곧 식상해질 테니까요.

처음 시작을 두려워하는 사람들이 많은 것 같습니다. 낯설음에서 오는 강박관념 때문인데, 가만히 생각해보십시오. 우리가 처음 가는 길도 이미 누군가가 지나간 길이지요. 다만 내가 이제 가는 것뿐입니다.

처음 가는 길은 누구나 두려움을 갖기 마련이지요. 그러나 보십시오. 자신의 삶에 충실한 사람은 두려움을 가지면서도 그 길을 갔다는 것을. 그리고 마침내 자신의 길을 완성했지요. 그렇습니다. 처음 가는 길을 당당하게 가야 합니다. 죽음에 이르는 길도 전생을 끌고 간 이들이 있음을 기억한다면 무엇이 두렵겠습니까.

결국, 길은 걸어가는 자를 위해 있는 것이니까요.

메밀꽃

김옥림

별빛이
쌓이는가 했더니
별이 아니야

달빛이
흩날리는가 싶더니만
그건
더욱 아니야

시인의 시 이야기

지금으로부터 25년 전에 봉평에 간 적이 있습니다. 그곳은 이효석 문학관이 있는 곳이자, 한국단편문학의 백미인 〈메밀꽃〉의 배경이 되는 곳이기도 하지요. 그곳에 갔을 땐 한창 메밀꽃이 들을 하얗게 뒤덮고 있었습니다. 한낮인데도 어찌나 눈이 부실만큼 하얗던지, 나는 그만 그 풍광에 푹 빠지고 말았습니다. 그리고 그 순간 메모지를 꺼내 쓰기 시작했습니다. 앞의 시 〈메밀꽃〉은 그렇게 해서 단번에 탄생한 시입니다.

이 시는 나의 첫 시집 《나는 화장하는 여자가 좋다》에 수록되었는데, 이 시를 읽을 때마다 가슴에 녹아 흐르던 그 깊은 감동의 물결에 생생하게 사로잡히곤 합니다. 깊은 감동에서 온 그 '순간'은 영원으로 이어질 만큼, 몸과 마음을 맑고 투명하게 만들어주기 때문입니다.

다시 자장면을 먹으며

정호승

다시 자장면을 먹으며 살아봐야겠다
오늘도 오른손이 하는 일을 왼손이 알게 하고
네가 내 오른뺨을 칠 때마다 왼뺨마저 치라고 하지는
못했으나 다시 또 배는 고파 허겁지겁 자장면을 사먹고
밤의 길을 걷는다
내가 걸어온 길과 걸어가야 할 길이
너덕너덕 누더기가 되어 밤하늘에 걸려 있다
이제 막 솟기 시작한 별들이 물끄러미 나를 내려다본다
나는 감히 푸른 별들을 바라보지 못하고
내 머리 위에 똥을 누고 멀리 사라지는 새들을 바라본다
검은 들녘엔 흰 기차가 소리 없이 지나간다
내 그림자마저 나를 버리고 돌아오지 않는다
어젯밤 쥐들이 갉아먹은 내 발가락이 너무 아프다
신발도 누더기가 되어야만 길이 될 수 있는가
내가 사랑한 길과 사랑해야 할 길이 아침이슬에 빛날
때까지 이제 나에게 남은 건
부러진 나무젓가락과 먹다 만 단무지와 낡은 칫솔 하
나뿐 다시 자장면을 먹으며 살아봐야겠다

시인의 시 이야기

정호승 시인은 내가 아는 한 많은 시인들 중에서도 가장 돋보이는 시를 쓰는 시인 중의 한 사람입니다. 그의 시는 전혀 어렵거나 낯설지 않습니다. 가장 쉬운 시어로도 깊이 있는 시를 쓸 줄 아는 우리나라 시인들 중 대표적인 시인이니까요.

이 시 〈다시 자장면을 먹으며〉에도 시인의 이런 시적 스타일이 잘 나타나 있습니다. 이 시에는 인생을 살면서 누구나 겪게 되는 삶의 시련에 대해 굴복하지 않고 현재의 시점에서 다시 시작하려는 강한 의지가 담겨있습니다.

살다 보면 누구에게나 실패가 따르게 되고 그로 인해 고통과 좌절과 눈물과 한숨을 쉬게 마련이지요. 아마 시인 자신도 그러했을 것입니다. 그랬기에 쓰라린 감정마저도 쉬운 시어로 풀어내며, 새로운 날에 대한 의지를 확고히 하는 시를 빚어낼 수 있었을 테니까요.

만일, 당신이 실패와 좌절로 인해 고통스럽다면, 이 시를 읽어보세요. 이 시를 읽고 나면, 나도 다시 시작해야겠다는 강한 의지가 발동하게 될 것입니다. 그리고 머잖은 훗날 행복의 웃음을 짓게 될 것입니다.

세상의 길가

김용택

내 가난함으로
세상의 어딘가에서
누군가가 배부릅니다
내 야윔으로
세상의 어딘가에서
누군가가 살이 찝니다
내 서러운 눈물로
적시는 세상의 어느 길가에서
새벽밥같이 하얀
풀꽃들이 피어납니다

시인의 시 이야기

누군가에게 의미 있는 존재가 된다는 것은 참으로 복되고 거룩한 일이지요. 내 사랑으로 누군가가 행복해하고, 나의 도움으로 누군가가 어려움을 극복하고, 나의 헌신으로 누군가가 용기를 내게 되고, 나의 가르침으로 누군가가 배움의 기쁨을 누리고, 나의 노래로 누군가가 즐거울 수 있고, 나의 배려로 누군가가 평안할 수 있고, 나의 웃음으로 누군가의 주름진 얼굴을 활짝 피게 하고, 나의 충만함으로 누군가 역시 충만할 수 있다면 이것이야말로 가장 행복하고 감사한 일이지요.

〈세상의 길가〉는 짧은 소품의 시지만 이 시의 시적 화자는 누군가에게 사랑이 되고, 힘이 되고, 위로가 되고, 의미가 되고 싶어 합니다. 나아가 세상의 길가에 '새벽밥같이 하얀 풀꽃'을 피우기 위한 헌신의 눈물이 되기를 갈망합니다. 참으로 의연하고 자비로운 사랑의 헌신이 아닐 수 없습니다. 이런 마음으로 산다는 것은 누군가에게도 자신에게도 매우 의미 있고 축복된 일이지요.

영국의 소설가 로버트 스티븐슨은 "사랑을 베푼다는 것은 이 세상을 꽃밭으로 만드는 위대한 열쇠다"라고 했고, 뒤파유는 "진정한 사랑의 불가결의 조건은 희생적인 헌신, 남의 행복을 제 것인 양 추구하는 것이다"라고 했습니다.

그렇습니다. 사랑은 세상을 아름답게 하는 열쇠이자, 희생적인 헌신, 남의 행복을 제 것인 양 추구하는 가장 아름다운 일입니다. 우리 모두가 이런 마음으로 살아간다면 세상은 분명, 풍요롭게 빛나는 파라다이스가 될 것입니다.

여보! 비가 와요

신달자

아침에 창을 열었다
여보! 비가 와요
무심히 빗줄기를 보며 던지던
가벼운 말들이 그립다

오늘은 하늘이 너무 고와요
혼잣말 같은 혼잣말이 아닌
그저 그렇고
아무렇지도 않고 예쁠 것도 없는
사소한 일상용어들을 안아 볼을 대고 싶다

너무 거칠었던 격분
너무 뜨거웠던 적의
우리들 가슴을 누르던 바위 같은
무겁고 치열한 싸움은
녹아 사라지고

가슴을 울렁거리며
입이 근질근질 하고 싶은 말은
작고 하찮은
날씨 이야기 식탁 위의 이야기

국이 싱거워요?
밥 더 줘요?

뭐 그런 이야기
발끝에서 타고 올라와
가슴 안에서 쾅 하고 울려오는
삶 속의 돌다리 같은 소중한 말
안고 비비고 입술 대고 싶은
시시하고 말도 아닌 그 말들에게
나보다 먼저 아침밥 한 숟가락 떠먹이고 싶다

시인의 시 이야기

신달자 시인의 〈여보! 비가 와요〉를 읽고 나니 많은 생각이 교차합니다. 사랑하는 이가 곁에 없지만 예전에 무심코 던지던 "여보! 비가 와요."라는 시인의 말이 왜 그리도 가슴에 절절하게 다가오던지요. 갑자기 코끝이 찡해지며 가슴이 뜨끔거립니다. 아무리 잘한다고 했으나 반성할 일이 많은 까닭이지요.

인간은 유한성을 지닌 존재입니다. 천년만년 살 것 같이 굴지만 백년도 못 사는 어리석고 나약한 존재니까요. 그런데도 어떤 사람들은 자신만이 이 세상에서 다인 양 경거망동하며 삶을 삽니다. 사랑해서 결혼한 사람들조차도 서로 반목하고 질시하고 미워하는 삶을 살다 결국은 갈라서고 말지요. 물론 어쩌지 못하는 불가항력적인 경우도 있지만요.

그러나 삶을 좀 더 따뜻하게 관조하며 사랑하며 살아야 하지 않을까 해요. 늘 같이 있는 것 같지만 어느샌가 자신 곁을 떠나고 없는 사랑했던 사람을 생각하면 서글퍼지는 그리움에 목이 메는 게 인생이니까요. '국이 싱거워요? 밥 더 줘요?'라는 시구에서 사랑스럽도록 정겨움이 물씬 풍겨납니다. 전율이 일만큼 가슴이 따뜻해지는 말, 그래서 너무도 되새기고 싶은 말이니까요.

풀잎

박성룡

풀잎은
퍽도 아름다운 이름을 가졌어요.
우리가 '풀잎' 하고 그를 부를 때는,
우리들의 입속에서는 푸른 휘파람 소리가 나거든요.

바람이 부는 날의 풀잎들은
왜 저리 몸을 흔들까요.
소나기가 쏟아지는 날의 풀잎들은
왜 저리 또 몸을 통통거릴까요.

그러나 풀잎은
퍽도 아름다운 이름을 가졌어요.
우리가 '풀잎' '풀잎' 하고 자꾸 부르면,
우리의 몸과 맘도 어느덧
푸른 풀잎이 돼버리거든요.

시인의 시 이야기

이 시를 처음 읽었을 때 그 느낌이 너무 좋아 계속 속으로 '풀잎' 하고 되새기곤 했습니다. 계속 반복되자 마치 내 입에서는 풀피리 소리가 나는 듯했지요. 그리고 몸과 마음이 초록색으로 물들 듯 환해져 왔습니다. 참으로 맑고 경쾌하고 상큼한 시가 아닐 수 없습니다. 시인은 이러한 감정을 1연 3~4행에서 이렇게 표현했지요.

우리가 '풀잎' 하고 그를 부를 때는
우리들의 입속에서는 푸른 휘파람 소리가 나거든요

그리고 3연 3~5행에서는 이렇게 표현했답니다.

우리가 '풀잎' '풀잎' 하고 자꾸 부르면
우리의 몸과 맘도 어느덧
푸른 풀잎이 돼버리거든요

릴케는 시를 정의하기를 "시는 체험이다"라고 했습니다. 그러니까 시는 자신이 직접 겪음으로써 얻어진 깨달음이나 느낌, 상상력에 의한 표현이라는 것이지요.

이 시는 시인이 겪은 시적 감정을 잘 살림으로써 시적 효과를 획득한 참 맑고 아름다운 시입니다. 이처럼 좋은 시를 읽는다는 것은 '마음의 보약'을 먹는 것과 같아 마음과 생각을 튼튼하게 함으로써 건강한 삶을 살아가는 데 큰 도움을 준답니다.

제2부

세계 명시,
내게로 와서 사랑이 되었다

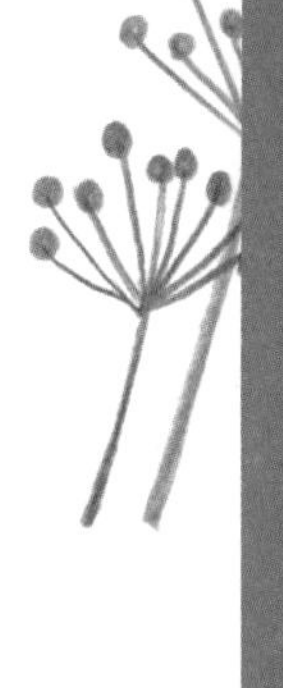

너를 보면
맑은
사랑을 하고 싶다

_별

걸어보지 못한 길

로버트 프로스트

노랗게 물든 숲 속에 두 갈래 길이 있었습니다.
몸이 하나니 두 길을 다 가볼 수는 없어
나는 서운한 마음으로 한참 서서
덤불 속으로 접어든 한쪽 길을
끝도 없이 바라보았습니다.
그러다가 다른 쪽 길을 택했습니다.
먼저 길과 똑같이 아름답고 어쩌면 더 나은 듯도 했지요.
사람이 밟은 흔적은 먼저 길과 비슷했지만,
풀이 더 무성하고
사람의 발길을 기다리는 듯 했으니까요.
그날 아침 두 길은 모두 아직
발자국에 더럽혀지지 않은 낙엽에 덮여 있었습니다.
아, 먼저 길은 다른 날 걸어보리라! 생각했지요.
길은 길로 이어지는 것이기에
다시 돌아오기 어려우리라 알고 있었지만
오랜 세월이 흐른 다음
나는 한숨지으며 이야기를 할 것입니다.
"두 갈래 길이 숲 속으로 나 있었다. 그래서
나는 사람이 덜 밟은 길을 택했고,
그것이 내 운명을 바꾸어 놓았다"라고.

시인의 시 이야기

미국 자연주의 시인인 프로스트는 무욕無慾의 삶을 살았습니다. 그는 평생을 시골에서 보내며 자연으로부터 삶을 깨쳤고 그것을 시로 표현했습니다. 그에게 있어 자연은 철학자이자 인생이며, 소망이자 생의 원천이었습니다. 그런 자연과 더불어 삶을 사는 동안 그가 깨달은 것은 '욕심을 버리고 자연과 삶에 순응하는 법'을 배우는 것이었습니다. 그것만이 삶을 가치 있고 소중하게 여기며 살 수 있는 길이란 것을 깨우쳤기 때문입니다.

이 시의 시적 화자는 두 길 중 풀이 더 무성하고 사람의 발길을 기다리는 듯한 길을 택했습니다. 풀이 무성하다는 것은 사람의 발길이 미치지 않았다는 것이고, 설령 발길이 미쳤다 해도 극히 소수에 지나지 않아 흔적이 남지 않는 길입니다. 이런 길은 사람들이 잘 가지 않는 길입니다. 가시도 있을 것이고, 돌부리가 깊은 큰 돌도 있을 것이고, 전갈이나 뱀과 같은 독을 지닌 곤충이나 동물이 있어 위험한 길일 수밖에 없습니다.

그렇다면 풀이 무성한 길은 어떤 길일까요? 그 길은 실리를 좇는 길도 아니고, 명예로운 길도 아니고, 이익을 좇아가는 길도 아닙니다. 그 길은 다른 사람에게는 보잘것없지만 자신에게 있어서만큼은, 온 삶을 내던져 후회 없는 삶을 보낼 수 있는 은혜로운 길을 의미하는 것입니다.

나는 이 시를 읽을 때마다 늘 삶에 대해 생각합니다. 과연 내가 가고 있는 이 길이 아름다운 인생의 길인가, 또는 올바른 삶의 길인가를 생각하게 되니까요. 그래서 이 시를 읽으면 자못 엄숙하고 경건해집니다. 그리고 내 자신을 함부로 해서는 안 된다는 것과 내게 주어진 일을 소홀히 해서는 안 된다는 막중한 책임감을 느끼곤 합니다.

이 시는 나에게 있어 삶의 이정표와도 같다고 하겠습니다. 나는 내 이정표와도 같은 이 시를, 내가 사랑하는 사람들과 독자들에게 차근차근 음미하며 읽기를 권합니다. 모든 이들에게 인생의 참빛이 되어주기를 바라면서 말이지요. 나는 언제까지나 이 시를 사랑할 것입니다.

지금 하십시오

로버트 해리

할 일이 생각나거든 지금 하십시오.
오늘 하늘은 맑지만, 내일은 구름이 보일런지 모릅니다.
어제는 이미 당신의 것이 아니니,
지금 하십시오.

친절한 말 한마디 생각나거든,
지금 말하십시오.
내일은 당신의 것이 안 될지도 모릅니다.

사랑하는 사람은 언제나 곁에 있지는 않습니다.
사랑의 말이 있다면
지금 하십시오.

미소를 짓고 싶거든
지금 웃어 주십시오.
당신의 친구가 떠나기 전에

장미는 피고 가슴이 설렐 때
지금 당신의 미소를 주십시오.

불러야 할 노래가 있다면
지금 부르십시오.
당신의 해가 저물면 노래 부르기엔
너무나 늦습니다.
당신의 노래를 지금 부르십시오.

시인의 시 이야기

나는 로버트 해리의 시 〈지금 하십시오〉를 읽을 때마다 어쩌면 이리도 쉽고 간결하게 삶의 참된 의미를 표현했을까 생각하곤 합니다. 이처럼 좋은 시는 시어가 쉬우면서도 의미는 깊이가 있어야 합니다.

그런데 어떤 시인들은 시는 어려워야 좋은 시라고 생각하는 것 같습니다. 실제로 어떤 시인은 자신도 자기가 쓴 시를 모른다고 말한 적이 있습니다. 자신도 모르는 의미의 시를 써놓고 읽으라고 하니 누가 그 시를 읽겠는지요. 그것은 독자를 무시하고 우롱하는 무책임한 행위입니다. 시로부터 독자들을 멀어지게 한 시인들의 반성이 필요한 때입니다.

시 〈지금 하십시오〉가 의미하는 것은 하고 싶은 일은 그것이 무엇이든 미루지 말고 지금 해야 한다는 것입니다. 한 번 미루면 두 번 미루게 되고, 세 번 네 번 미루게 되면 계속 미루게 되니까요. 그렇게 되면 결국은 못하고 맙니다. 그것은 시간을 헛되이 함으로써 자신의 인생을 낭비하는 비생산적이고 비창조적인 일이지요.

그렇습니다. 시간은 사람을 기다려 주지 않습니다. 아무리 애원하고 붙들어도 매몰차게 가 버리는 것이 시간이지요. 그러기 때문에 지금 해야 할 일은 반드시 지금 해야 합니다. 지금 하지 않으면 영영 못하게 될 수도 있으니까요.

행복해진다는 것

헤르만 헤세

인생에 주어진 의무는
다른 아무것도 없다네
그저 행복하라는 한 가지 의무뿐
우리는 행복하기 위해 세상에 왔지
그런데도
그 온갖 도덕
온갖 계명을 갖고서도
사람들은 그다지 행복하지 못하다네
그것은 사람들 스스로 행복을 만들지 않는 까닭
인간은 선을 행하는 한
누구나 행복에 이르지
스스로 행복하고
마음속에서 조화를 찾는 한
그러니까 사랑을 하는 한
사랑은 유일한 가르침
세상이 우리에게 물려준 단 하나의 교훈이지
예수도
부처도
공자도 그렇게 가르쳤다네

모든 인간에게 세상에서 한 가지 중요한 것은
그의 가장 깊은 곳
그의 영혼
그의 사랑하는 능력이라네
보리죽을 떠먹든 맛있는 빵을 먹든
누더기를 걸치든 보석을 휘감든
사랑하는 능력이 살아있는 한
세상은 순수한 영혼의 화음을 울렸고
언제나 좋은 세상
옳은 세상이었다네

시인의 시 이야기

독일의 시인이자 소설가이며 노벨문학상 수상 작가인 헤르만 헤세는 이 시에서 '우리 인간이 이 세상에 온 것은 행복해지기 위해서'라고 말합니다. 그리고 그 행복을 찾는 길은 선善을 행하는 일이라고 말하는데, 그 끄트머리에는 사랑이 존재하고 있음을 알 수 있습니다. 즉, 인간이 행복해지기 위해서는 사랑이 필요하다는 것을 새삼 강조하고 있는 것이지요. 그러니까 보리죽을 먹든 빵을 먹든 누더기를 걸치든 보석으로 온몸을 치장하든 사랑하는 능력만 있게 되면 행복할 수 있다는 말이지요.

헤르만 헤세가 말하는 진실한 사랑은, 가정과 사회를 행복하게 하는 아름답고 영원한 사랑을 말하는 것입니다. 우리 인간은 세상에서 가장 아름다운 축복을 받고 태어난 존재이니까요. 따라서 인간은 행복하게 살 권리와 의무가 있습니다. 그것을 포기하는 행위야말로 인간을 가장 추악한 동물로 추락시키는 일이 되고 말 것이기 때문입니다. 그렇습니다. 우리는 사랑함으로써 행복하게 살아야 합니다. 그것이 각자에게 주어진 삶의 선물이니까요. 이 소중한 삶의 선물인 '행복'을 잘 가꾸고, 잘 이어가는 것이야말로 자신을 스스로 축복되게 하는 일이랍니다.

그대는 나의 전부입니다

파블로 네루다

당신은
해질 무렵
붉은 석양에 걸려있는
그리움입니다.
빛과 모양을 그대로
내가 가장 좋아하는 구름입니다.

그대는 나의 전부입니다.

부드러운 입술을 가진 그대여,
그대의 생명 속에는
나의 꿈이 살아 있습니다.
그대를 향한
변치 않는 꿈이 살아 숨 쉬고 있습니다.

사랑에 물든
내 영혼의 빛은
그대의 발밑을
붉은 장밋빛으로 물들입니다.

오, 내 영혼의 노래를 거두는 사람이여,
내 외로운 꿈속 깊이 사무쳐 있는
그리운 사람이여,
그대는 나의 모든 것입니다

석양이 지는 저녁
고요히 불어오는 바람 속에서
나는 소리 높여 노래하며
길을 걸어갑니다.

사랑하는 그대여,
내 영혼이
그대의 슬픈 눈가에서 다시 태어나고
그대의 슬픈 눈빛에서부터 다시 시작됩니다.

시인의 시 이야기

파블로 네루다는 칠레의 위대한 민중 시인이자 노벨문학상 수상 작가입니다. 외교관으로서 정치가로서 남미를 대표하는 시인으로서 한 생을 구가한 그는 철도 노동자의 아들로 태어나 열아홉 살 때 첫 시집 《황혼의 노래》를 출간해서 사람들의 이목을 집중시켰지요. 그리고 스무 살 때 시집 《스무 편의 사랑의 시와 한 편의 절망의 노래》로 대중의 사랑을 받으며 남미 전역에서 가장 유명한 시인으로 이름을 떨쳤습니다.

파블로 네루다는 시 〈그대는 나의 전부입니다〉에서 열정적이고 순정한 사랑을 하라고 말합니다. 열정적인 사랑은 무엇인가요? 그것은 사랑하는 이를 뜨겁게 받아들이므로 사랑하는 이에게 감동을 주는 사랑을 말합니다. 또한 순정한 사랑은 맑고 순수한 이미지를 사랑하는 사람에게 심어줌으로써 사랑하는 이에게 감동을 주지요. 파블로 네루다가 이 시에서 전하는 메시지는 아름답고 열정적이고 순정한 사랑을 말합니다.

내가 파블로 네루다를 갈망하는 것은 단지 그가 세상에 대한 따뜻한 시선으로 사랑과 일상을 노래하여 '사랑의 시인'이라 불리며 좋은 시를 써서가 아닙니다. 그는 독재에 저항하여 반프랑코 운동, 반파시트 운동에 참여했다가 파면되었으며, 조국을 떠나 살면서도 시인으로서 자신의 길을 당당하게 걸어갔기 때문이지요. 그리고 그는 칠레공산당 위원회에서 대통령 후보로 지명되었지만, 사퇴하고 끝까지 자신이 원하는 길을 갔습니다. 나는 그의 이런 점을 존경하고, 그의 시를 사랑하고, 그의 뜨겁고 초지일관한 시적성취에 갈채를 보내는 것입니다.

나는 오늘도 파블로 네루다를 생각하며 시를 읽고, 시를 쓰며 내 사상과 철학이 내 시와 조화롭게 결합되기를 꿈꿉니다. 파블로 네루다, 그가 있어 나는 시를 더욱 사랑하고 시인인 나를 사랑합니다.

당신의 사랑입니다

라빈드라나드 타고르

나의 존재를 조금만 남겨 주십시오.
그 존재에 의해 당신을
나의 모든 것이라고 부를 수 있도록.
나의 의지를 조금만 남겨 주십시오.
그 의지에 의해 나는 도처에 있는 당신을 느끼고,
모든 것 속에서 당신을 만나고,
어느 순간에도 당신에게 사랑을
바칠 수 있도록.
나의 존재를 조금만 남겨 주십시오.
그 존재에 의해 내가 당신을 숨기는 일이 없도록.
나의 사슬을 조금만 남겨 주십시오.
그 사슬에 의해 나는 당신과 영원히 연결되어 있습니다.
당신의 뜻은 나의 생명 속에서 이루어집니다.
그것이 바로 당신의 사랑입니다.

시인의 시 이야기

아시아 최초로 노벨문학상을 수상한 인도의 시인 라빈드라나드 타고르. 그에게 노벨상을 안겨준 《기탄잘리》는 신과 인간에 대한 절대적인 사랑과 행복을 노래하는 감사와 생동감 넘치는 시집입니다. 타고르의 감사와 생동감 넘치는 시처럼 신을 사랑하고 사랑하는 사람을 사랑할 수 있다면, 얼마나 아름답고 감사한 삶일까요. 그런데 그걸 알고도 실행하지 못하는 게 우리 인간이지요. 이것이야말로 인간 최대의 모순인 것입니다.

특히, 내가 사랑하는 사람, 그 사람이야말로 세상에서 가장 소중한 사람이지요. 사랑하는 사람은 곁에 있다는 것만으로도 용기를 주고 위안이 되어줍니다. 이토록 감사하고 가슴을 벅차게 하는 존재가 사랑하는 사람인 것입니다. 하지만 그처럼 소중한 사랑을 헌신짝처럼 버리는 사람들이 있습니다. 그리고 뒤늦게 자신의 어리석음을 한탄하지요.

타고르의 시 속엔 사랑하는 이에 대한 절대적인 사랑과 믿음이 잘 나타나 있습니다. 소리 내어 몇 번이고 읽어보세요. 마음이 따뜻해져오는 기분을 느끼게 될 것입니다. 우리는 누구나 이런 사랑을 꿈꾸고 이런 사랑을 해야 합니다. 사랑은 둘이 함께함으로써 더욱 빛나는 감사의 원천이자 행복의 거울이니까요.

성공이란

랄프 왈도 에머슨

자주 그리고 많이 웃는 것.
현명한 삶들로부터 존경 받는 것.
아이들의 호감을 사는 것.
솔직한 비평가들의 인정을 받는 것.
미덥지 못한 친구들의 배반을 참아내는 것.
아름다움을 식별할 줄 아는 것.
다른 사람에게서 최선의 것을 발견하는 것.

건강한 아이를 낳든
한 뙈기의 정원을 가꾸든
사회 환경을 개선하든 간에
세상을, 자기가 태어나기 전보다
조금이라도 더 살기 좋은 곳으로 만드는 것.

자신이 살았었기에
단 한 사람이라도
좀 더 마음 놓고 살아간다는 사실을 아는 것.

이것이 성공이다.

시인의 시 이야기

미국의 사상가이자 시인인 랄프 왈도 에머슨. 나는 에머슨의 시와 글을 참 좋아하여 즐겨 읽습니다. 그의 시와 글을 읽다 보면 나와 일맥상통하는 부분이 참 많다는 걸 거듭 느끼게 되기 때문입니다. 지금의 나와는 거의 한 세기의 시간 차가 나는데 어떻게 그가 생각했던 것과 내 생각이 그토록 매치가 잘 되는 것일까, 하여 그저 놀라울 뿐입니다. 마치 그와 내가 보이지 않는 깊은 인연의 끈으로 연결 지어진 것은 아닌가 하는 생각이 종종 들곤 하니까요.

현대인들의 머릿속엔 온통 '성공'이란 글자로 가득 차 있습니다. 그런데 그들이 생각하는 성공은 대개 물질적인 것과 자리(지위)에 연연하는 것입니다. 서점을 가도 돈 버는 책만 펼쳐 듭니다. 돈 버는 책 낸 출판사 치고 책을 망친 적은 거의 없다고 합니다. 허나, 온통 돈 버는 일에만 생각이 매여 있어 너무도 안타깝습니다. 이처럼 많은 사람들이 보다 좋은 자리를 얻고, 더 많은 돈을 벌기 위해 혈안이 되어 있는 이 때, 세상을 자기가 태어나기 전보다 조금이라도 더 살기 좋은 곳으로 만들라는 에머슨의 말은 우이독경牛耳讀經이 될 수도 있습니다.

하지만 참다운 인생은 내면이 풍요로워야 합니다. 내면이 풍요로운 삶은 절대 흔들림이 없으니까요. 내면이 풍요로운 삶, 그래서 속이 꽉 찬 삶, 이것이야말로 진정한 성공이지요.

청춘

사무엘 울만

청춘이란 인생의 어떤 기간 아니라 그 마음가짐이다.
장밋빛 뺨, 붉은 입술, 유연한 무릎이 아니라
늠름한 의지, 빼어난 상상력, 불타는 정열,
삶의 깊은 데서 솟아나는 샘물의 신선함이다.

청춘은 겁 없는 용기, 안이함을 뿌리치는 모험심을
말하는 것이다.
때로는 스무 살 청년에게서가 아니라
예순 살 노인에게서 청춘을 보듯이
나이를 먹어서 늙는 것이 아니라 이상을 잃어서 늙어 간다.

세월의 흐름은 피부의 주름살을 늘리나
정열의 상실은 영혼의 주름살을 늘리고
고뇌, 공포, 실망은 우리를 좌절과 굴욕으로 몰아간다.

예순이든, 열다섯이든 사람의 가슴속에는
경이로움에의 선망, 어린아이 같은 미지에의 탐구심,
그리고 삶에의 즐거움이 있기 마련이다.

또한 너나없이 우리 마음속에는 영감의 수신탑이 있어
사람으로부터든, 신으로부터든
아름다움, 희망, 희열, 용기, 힘의 전파를 받는 한
당신은 청춘이다.
그러나 영감은 끊어지고
마음속에 싸늘한 냉소의 눈은 내리고,
비탄의 얼음이 덮여 올 때
스물의 한창 나이에도 늙어 버리나
영감의 안테나를 더 높이 세우고 희망의 전파를 끊임없이
잡는 한 여든의 노인도 청춘으로 죽을 수 있다.

시인의 시 이야기

청춘!

듣는 것만으로도 언제나 가슴을 울렁이게 하는, 푸릇푸릇 활력이 넘치고 생동감 넘치는 말이지요. 인간은 누구나 청춘의 시기를 거치면서 한 인간으로 거듭납니다. 하지만 사람들은 대개 청춘의 시기가 지나면 노화되는 세포처럼, 늘어나는 주름살의 무게에 눌려 청춘 시절의 이상을 잃어버리지요. 그리고 '이 나이에 무엇을 할 수 있을까' 하고 말합니다. 이런 자세를 갖는다는 것은 잠재된 자신의 숨은 능력을 쓸모없이 만들 뿐만 아니라 스스로에 대한 배반행위이지요.

나이가 들수록 청춘 시절에 가졌던 이상을 더욱 새롭고 공고히 해야 합니다. 생물학적 나이는 자신의 꿈을 펼치는 데 별다른 도움을 주지 못하니까요. 정신적인 나이가 젊어야 하는 것입니다. 그래야 언제나 푸르게 빛나는 별처럼 꿈을 향해 나아갈 수 있으니까요.

유대계 미국 시인인 사무엘 울만은 말합니다. 청춘은 인생의 한 시기가 아니라 이상을 품고 사는 한 언제까지나 청춘이라고. 그렇습니다. 나는 이 말에 적극 동의합니다. 이상을 갖고 사는 한 그 사람은 언제나 청춘입니다.

언제나 청춘으로 사는 당신이 되십시오.

너는 한 송이 꽃과 같이

하인리히 하이네

너는 한 송이 꽃과 같이
그리도 예쁘고
귀엽고
깨끗하여라
너를 보고 있으면
서러움은
나의 가슴까지 스며드는구나

하나님이 너를
언제나 이대로
맑고 곱고 귀엽도록
지켜주시길
네 머리 위에 두 손을 얹고
나는 빌고만
싶어지는구나

시인의 시 이야기

사랑하는 이에 대한 간절하고 어여쁜 마음이 잘 드러난 시입니다. 사랑하는 이가 언제나 맑고 곱고 귀엽기를 바라는 시인의 마음이 그것을 잘 알게 해줍니다. 사랑하는 이를 위해 무언가를 할 수 있다는 것은 참으로 감사한 일이지요.

언젠가 큰 감명을 받은 적이 있습니다.

어느 30대 초반의 젊은 부부가 있었습니다. 그런데 안타깝게도 둘 다 뇌성마비 장애를 가졌지요. 하지만 부부는 자신들의 장애는 아무것도 아니라고 말했습니다. 자신들이 사랑하는 데는 아무런 불편함도 없고, 보통 사람들이 생각하는 것처럼 자신들의 처지가 불행하지 않다고 했습니다. 뻥튀기를 파는 남편 옆에서 활짝 웃으며 남편 입에 뻥튀기를 넣어주는 아내의 모습은 행복 그 자체였습니다.

그들은 많은 사람들의 편견을 깨고 사랑의 진정성을 알게 해준 너무나도 행복한 부부였습니다. 나는 하인리히 하이네의 〈너는 한 송이 꽃과 같이〉를 대할 때마다 그 부부의 환한 미소를 떠올리곤 합니다.

사랑하세요. 오늘이 마지막인 것처럼, 당신이 사랑하는 이를 미치도록 사랑하고 사랑하십시오.

산비둘기

장 콕토

두 마리 산비둘기가
정다운 마음으로
서로 사랑했습니다.

그 나머지는
말하지 않으렵니다.

시인의 시 이야기

이 시를 읽으면 너무도 귀엽고 깜찍한 사랑이 느껴집니다. 시인은 정답게 어울려 노는 두 마리의 산비둘기를 통해, 다정한 모습으로 사랑하는 남녀를 표현한 것이지요. 여기서 비둘기는 다정한 두 남녀를 상징합니다. 이처럼 상큼한 사랑은 상상하는 것만으로도 참 즐겁지요. 이처럼 사랑은 그 어떤 것일지라도 사람의 마음을 따뜻하게 합니다.

사랑은 거짓이 없어야 하고, 나보다는 상대를 먼저 생각해야 하고, 좋은 것으로 사랑하는 이에게 줄 수 있어야 하고, 참고 기다려주는 아량이 있어야 하고, 상대방을 먼저 생각하고 배려할 줄 알아야 하기 때문입니다.

장 콕토가 '그 나머지는 / 말하지 않으렵니다'라고 한 것은 독자가 상상을 통해 자기 나름에 사랑을 생각해보라는 것이지요. 이 시를 읽은 독자들은 자신의 관점에서 생각하게 되고, 그것은 곧 자신의 사랑 방식으로 표현하게 되지요. 생각은 곧 그 사람이기 때문이니까요.

2연 5행의 짧은 시가 주는 시적 여운이 오래 남는 것은 시를 쓴 시인의 표현 능력 때문입니다. 사랑하는 사람은 하나님이 부여한 참 좋은 인생의 축복이지요. 자신이 사랑하는 사람을 아낌없이 사랑하고 행복하게 해주세요. 자신이 준 사랑과 행복보다 더 큰 사랑과 행복을 선물로 받게 될 테니까요.

나무

알프레드 조이스 킬머

나무처럼 아름다운 시를
정녕 볼 수 없으리.

대지의 감미로운 젖이 흐르는 가슴에
주린 입술을 대고 서 있는 나무.

온종일 하나님을 우러러보며
잎이 우거진 팔을 들어 기도하는 나무.

여름이면 머리칼 속에
울새의 보금자리를 지니는 나무.

그 가슴 위로는 눈이 내리고
비와 정답게 사는 나무.

시는 나처럼 어리석은 자가 짓지만
나무는 오직 하나님이 만드신다.

시인의 시 이야기

열매와 꽃과 향기 그리고 줄기와 가지 등 자신의 모든 것을 아낌없이 내어주는 나무. 나무는 아낌없이 자신을 내어주는 대표적인 자연이지요. 미국의 작가이자 가수인 쉘 실버스타인도 나무의 이런 특성을 동화 《아낌없이 주는 나무》를 통해 성공적으로 그려내 많은 사랑을 받았습니다.

나는 나무가 참 좋습니다. 푸른 잎을 달고 서 있는 나무는 푸릇푸릇 빛나서 좋고, 붉은 단풍잎을 매달고 있는 나무는 아름다워서 좋습니다. 봄, 여름, 가을, 겨울 계절에 상관없이 나무는 다 좋지만 특히, 텅 빈 마른 나뭇가지를 매달고 선 겨울나무를 더 좋아합니다. 겨울나무를 보면 모든 탐욕을 다 내려놓은 성자처럼 느껴지기 때문이니까요. 그렇습니다. 나무는 성자와 같은 존재이지요. 나무는 자신의 사랑을 온몸으로 보여주는 성자, 아낌없이 제 모든 것을 다 내어주는 성자인 것입니다.

우리는 나무의 사랑을 배워야 합니다. 나무는 온전한 사랑으로 살아가는 방법을 인간에게 가르쳐 주는 스승이자 성자이니까요. 엘프레드 조이스 킬머 역시 이를 깨우쳤기에 '나무처럼 아름다운 시를 / 정녕 볼 수 없으리'라고 조용히 말합니다. 그리고 덧붙입니다. '시는 나처럼 어리석은 자가 짓지만 / 나무는 오직 하나님이 만드신다고.'

나무, 나무 같은 사람으로 살고 싶습니다.

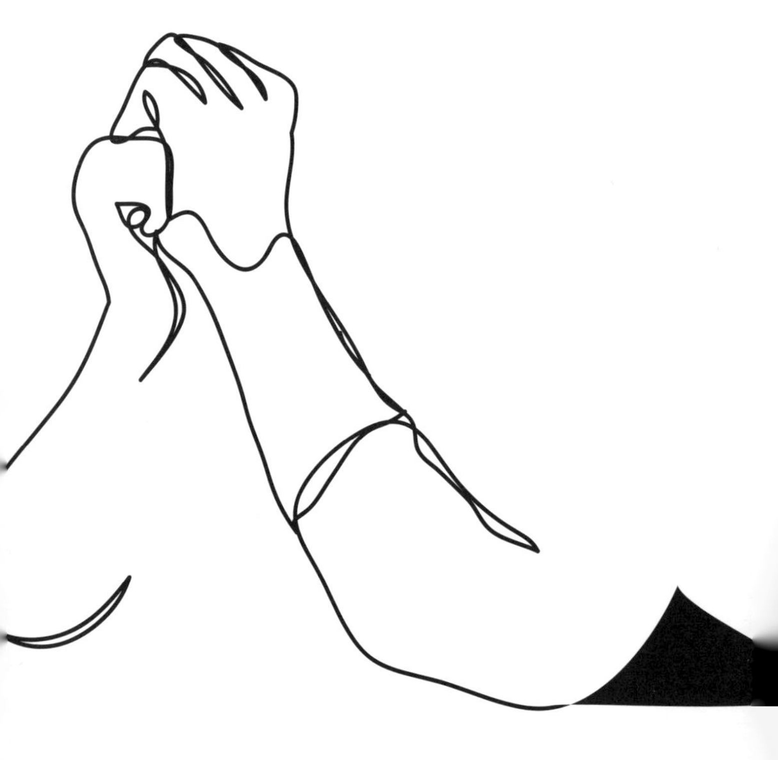

아버지의 기도

더글러스 맥아더

주여, 내 아이가 이런 사람이 되게 하소서.
약할 때 스스로를 분별할 수 있는 힘과
두려워질 때 자신감을 잃지 않는 대담함을 가지고
정직한 패배에 당당하고 부끄러워하지 아니하며,
승리에 겸손하고 온유한 사람이 되게 하소서.

노력 없는 대가를 바라지 않게 하시고
주님을 섬기며 아는 것이
지혜의 근본임을 깨닫게 하소서.

바라건대, 그를 요행과 안락의 길로 인도하지 마시고,
자극받아 분발하게 고난과 도전의 길로 이끌어주소서.
폭풍우 속에서도 용감히 싸울 줄 알고
패자를 불쌍히 여길 줄 알도록 도와주소서.

내 아이가 이런 사람이 되게 하소서.
마음이 깨끗하고 높은 이상을 품은 사람,
남을 다스리기 전에 자신을 다스리는 사람,
미래를 향해 전진하면서도
과거를 결코 잊지 않는 사람이 되게 하소서.

이에 더하여 유머를 알게 하시어
인생을 엄숙히 살아가면서도,
삶을 즐길 줄 아는 마음과
자기 자신을 너무 드러내지 않고
겸손한 마음을 갖게 하소서.

또한 참으로 위대한 것은 소박함에 있음과
참된 힘은 너그러움에 있다는 것을
항상 명심하도록 하게 하소서.
그리하여 그의 아버지인 저도
헛된 인생을 살지 않았노라고
나직이 고백할 수 있도록 하소서.

아버지가 아들을 위해 이처럼 감동과 사랑이 넘치는 기도 시를 쓴 것을 본 적이 없습니다. 이 시의 시구 하나하나에는 아들에 대한 아버지의 사랑이 바다처럼 넓고 산처럼 드높습니다. 졸렬하고 수준 낮은 표현이라고는 찾아볼 수 없을 만큼 감동, 그 자체이지요. 세상 어느 아버지인들 자식이 떡을 달라고 하는데 돌을 주겠는가마는 이처럼 간절한 기도를 할 수는 없을 것입니다. 역시 더글러스 맥아더다운 면모가 여실히 드러나는군요.

이런 친애親愛적인 마인드를 가지고 있으니 어찌 자유와 평화를 사랑하지 않을 수 있겠습니까. 세계 인류평화를 위해 포탄이 빗발처럼 쏟아지는 온갖 전쟁터를 누비면서도, 아들에 대한 아버지의 사랑을 잊지 않았던 맥아더. 그는 이 세상 모든 아버지들의 귀감이 되기에 조금도 부족함이 없습니다.

그리하여 그의 아버지인 저도
헛된 인생을 살지 않았노라고
나직이 고백할 수 있도록 하소서.

특히, 마지막 연 4~6행은 아버지로서의 책임을 다했다는 것에 대한 바람을 표현한 것으로써 더욱 마음을 감동시킵니다. 자식을 위해 헌신하는 아버지를 존경하고 사랑해야 하겠습니다.

바로 나이게 하소서

수잔 폴리스 슈츠

그대와 함께 산길을 걷는 사람이
바로 나이게 하소서

그대와 함께 꽃을 꺾는 사람이
바로 나이게 하소서

그대의 속마음을 털어놓는 사람이
바로 나이게 하소서

그대와 비밀스런 얘기를 나누는 사람이
바로 나이게 하소서

슬픔에 젖은 그대가 의지하는 사람이
바로 나이게 하소서

행복에 겨운 그대와 함께 미소 짓는 사람이
바로 나이게 하소서

그대가 사랑하는 사람이
바로 나이게 하소서

시인의 시 이야기

사랑 시를 누구보다도 잘 쓰는 미국의 대표적인 여류시인 수잔 폴리스 슈츠. 그녀의 시는 시편마다 진한 사랑과 잔잔한 감동이 배어있어 그녀의 시를 읽을 때마다 마음이 환하게 열려 옴을 느낍니다. 어두운 마음으로 머리가 무거울 때나 일이 잘 풀리지 않거나 외로울 땐 시 〈바로 나이게 하소서〉를 읽어보세요. 이 시를 반복해서 읽다 보면 용기가 샘솟듯 솟아오르고, 어두웠던 마음은 밤안개처럼 사라지고 어느새 맑고 가벼운 마음으로 바뀔 것입니다.

늘 함께 밥을 먹을 수 있는 사람, 같은 잠자리에 들고 아침을 함께 맞는 사람, 좋은 것은 무엇이든 주고 싶은 사람, 슬픈 일이 있을 땐 같이 울고, 기쁜 일이 있으면 함께 기뻐할 수 있는 사람, 함께 산길을 걷고, 비밀스러운 이야기를 함께 나누며, 속마음을 털어놓을 수 있는 사람, 행복한 미소를 언제까지나 함께 지을 수 있는 사람, 그 사람이 내가 사랑하는 사람일 때 행복은 더 없이 깊어지게 되지요.

당신에겐 못 견디도록 사랑하는 사람이 있나요? 그렇다면 당신이 사랑하는 사람에게 당신의 정성을 다 바쳐 사랑하십시오. 사랑하는 사람이 내 곁에 있다는 것은 세상에서 가장 아름답고 귀한 보석을 지니고 있는 기쁨보다도 더 큰 기쁨이니까요. 사랑하는 사람, 그 사람이 있어 삶은 더욱 풍요롭고 아름답습니다.

험한 세상의 다리가 되어

S. A 갈푼겔

당신이 의기소침해 하거나
당신의 눈동자에 눈물이 고일 때
당신의 눈물을 닦아주고 당신 곁에 있으리.

고난이 몰아쳐 찾는 친구가 없을 때
거센 물살 건너는 다리처럼
나를 바치리.

낯선 곳에서 향수에 젖을 때나
고통의 밤이 찾아오면
당신을 편안케 해주리.

땅거미가 지고 고통의 밤이 오면
험한 세상 건너는 다리처럼
나를 희생하리.

노를 저어 계속 저어가면
곧 빛이 비추리.
당신의 꿈이 이루어지리다.
자, 저 빛을 보라.

빛이 필요하다면
난 곧장 노 저어가리.
험한 세상 건너는 다리처럼
당신의 마음을 안정시키리.
당신의 마음을 편안케 하리.

시인의 시 이야기

세상을 살아가다 보면 기쁘고 행복한 일도 있지만, 힘들고 어려운 일도 만나게 되지요. 기쁘고 행복하면 더 없이 감사한 일이지만, 힘들고 어려울 땐 하루하루가 높은 산을 넘어가듯 아득하고 숨이 막히지요. 이럴 때 곁에 사랑하는 사람이 있다면 큰 위로와 격려가 되지요. 그래서 힘들고 어려운 일도 아무렇지 않게 생각하고 이겨내게 된답니다.

이 시의 시적 화자는 사랑하는 사람을 위해 험한 세상에 다리가 되겠다고 말합니다. 그래서 사랑하는 이의 눈물을 닦아주고, 자신을 바치고, 편안하게 해주고, 자신을 희생하겠다는 각오를 다집니다. 참으로 희생적이고 결연한 사랑이 아닐 수 없습니다.

이 시를 읽다 보면 폴 사이먼 앤 가펑클이 부른 '험한 세상의 다리가 되어(THE BRIDGE OVER TROUBLED WATER)'라는 팝송이 생각나 콧노래를 부르며 지난날을 돌아보게 된답니다. 나는 과연 이 노래와 같이 사랑하는 이에게 험한 세상의 다리와 같은 존재였는지를. 그러고 보면 한 편의 시가 주는 삶의 깨우침은 그 어떤 명언보다도 울림이 깊다는 것을 느끼게 됩니다.

그렇습니다. 이 세상에서 내가 살아가는 동안 누군가에게 희망의 노래가 되고, 기쁨의 꽃이 되고, 시련의 강물 위에 다리가 되어 줄 수 있다면 그 얼마나 감사한 일인지요. 아, 그런 상상을 하는 것만으로도 참 행복합니다.

삶이 그대를 속일지라도

A. S 푸슈킨

삶이 비록 그대를 속일지라도
슬퍼하거나 노여워하지 마라.
슬픔을 딛고 일어서면
기쁨의 날이 오리니

마음은 항상 미래를 지향하고
현재는 한없이 우울한 것
하염없이 사라지는 모든 것이여
한번 지나가 버리면 그리움으로 남는 것.

시인의 시 이야기

나는 어린 시절부터 푸슈킨의 〈삶이 그대를 속일지라도〉라는 시를 무척 좋아했고 지금도 변함없이 좋아합니다. 내가 이 시를 처음 접한 건 초등학교 5학년 때입니다. 그 철부지 시절에도 이 시구가 무척 감명 깊어 힘들고 어려운 일을 만나게 되면 이 시구를 기도문처럼 외우곤 했습니다.

삶이 비록 그대를 속일지라도
슬퍼하거나 노여워하지 마라.
슬픔을 딛고 일어서면
기쁨의 날이 오리니

나는 청소년 시절부터 시를 써서 '문학의 밤' 행사에서 시를 낭송하고, 각종 잡지에 시가 실리는 것을 큰 기쁨으로 여겼지요. 지금 내가 시인으로, 소설가로, 에세이스트로 살아가게 된 데에는 이 시가 결정적으로 작용했음을 말하고 싶군요.

한 편의 좋은 시는 처진 삶을 일으켜 세우는 힘이 있습니다. 또한 인생을 결정지을 만큼 큰 영향을 끼치기도 하지요. 요즘은 시가 읽히지 않는다고 합니다. 참으로 애석한 일이 아닐 수 없습니다. 시를 읽으십시오. 한 편의 훌륭한 시는 장편소설을 읽고 났을 때보다 더 큰 감동을 준다는 사실을 잊지 말기 바랍니다.

찬바람이 그대에게 불어온다면

로버트 번스

저 너머 초원에, 저 너머 초원에
찬바람이 그대에게 불어온다면
나 그대를 감싸리라, 나 그대를 감싸주리라.
바람 부는 쪽에다 내 외투로써 막아
혹은 또 불행의 신산한 풍파가
그대에게 몰아치면, 그대에게 몰아치면
내 가슴이 그대의 안식처 되어
모든 괴로움 함께 하리, 모든 괴로움 함께 하리다.

시인의 시 이야기

세상을 살다 보면 뜻하지 않는 어려움을 만나기도 하고, 하늘이 무너지는 듯한 절망감에 사로잡힐 때가 있습니다. 이때 어려움을 함께하고, 역경을 극복하는 데 힘이 되어주는 사람이 있다면 참 감사하고 행복한 일이지요. 혼자서는 감내하기 힘든 어려움도 사랑하는 이가 함께하면 능히 이겨내게 되고, 아무리 절망적인 일도 희망으로 바꿀 수 있기 때문이지요.

로버트 번스의 시 〈찬바람이 그대에게 불어온다면〉에서 시적 화자는 참으로 아름답고 따뜻한 사랑을 가졌다는 것을 알 수 있지요. 그 역시 사랑하는 이에게 찬바람이 불어오면 자신이 감싸준다고 말하며, 불행이 닥치면 자신의 가슴으로 안식처가 되어 괴로움을 함께 하겠다고 말합니다. 이 얼마나 감사한 말인지요. 사랑하는 이에게 이런 말을 듣는 순간 어려움도 고통도 눈 녹듯 사라지고 말 것입니다.

톨스토이는 사랑에 대해 이렇게 말했습니다.

"사랑은 인간에게 몰아沒我를 가르친다. 따라서 사랑은 인간을 괴로움에서 구해준다."

그렇습니다. 사랑하는 이의 따뜻한 마음, 사랑하는 이의 따뜻한 손길, 사랑하는 이의 다정한 눈빛 등 사랑하는 이의 진정한 사랑만 있다면 어떤 고난도 극복함으로써 행복하고 감사한 삶을 살게 될 것입니다.

이런 사랑

버지니아 울프

세상에 둘도 없는 친구나
이 세상 하나뿐인 다정한 엄마도
가끔 멀리하고 싶을 때가 있는데
당신은 아직 한 번도 싫은 적이 없습니다.
어떤 옷에도 잘 어울리는 벨트나
예쁜 색깔의 매니큐어까지도
몇 번 쓰고 나면 바꾸고 싶지만
당신에 대한 마음은 아직 한 번도
변한 적이 없습니다.
새로 산 드레스도
새로 나온 초콜릿도
며칠만 지나면 곧 싫증나는데
당신은 아직 한 번도
싫증난 적이 없습니다.
오래 숙성된 포도주나 그레이프 디저트도
매일 먹으면 물리는데
당신은 매일매일 같이 있고 싶습니다.

시인의 시 이야기

영국의 소설가로 페미니즘과 모더니즘의 선구자인 버지니아 울프. 그녀는 이 시에서 '당신은 아직 한 번도 싫증난 적이 없습니다'라고 말합니다. 그래서 '당신은 매일매일 같이 있고 싶다'고 고백하지요. 얼마나 사랑하는 이가 좋으면 이처럼 만족해할 수 있을까, 대체 어떻게 했기에 이처럼 버지니아 울프를 사로잡을 수 있었을까요.

버지니아 울프는 평생을 우울증에 시달리며 수차례에 걸쳐 자살을 시도했습니다. 하지만 그녀의 남편인 레너드 울프는 그런 그녀의 모든 것까지도 헌신적으로 사랑했습니다. 그녀를 위해 호가스 출판사를 차리고, 그녀가 책을 출간할 수 있도록 용기와 힘을 북돋워주었지요. 그리고 마침내 그녀는 명성을 떨치는 작가이자 여성운동가가 되었습니다.

버지니아 울프의 경우에서 보듯 사람은 누구나 자신을 위해 노력하고, 최선을 다하는 사람에게 감동하게 되며, 그를 오래 마음에 담아두게 되지요. 그렇습니다. 싫증나지 않는 사랑이란 감동을 주는 사랑입니다. 감동을 주는 사랑은 오래도록 마음에 여운을 남기는 까닭이지요.

내가 만일

에밀리 디킨슨

내가 만일 애타는 한 가슴을 달랠 수 있다면
내 삶은 정녕 헛되지 않으리.
내가 만일 한 생명의 고통을 덜어 주거나
또는 한 괴로움을 달래 주거나
또는 할딱거리는 로빈 새 한 마리를 도와서
보금자리로 되돌려 줄 수만 있다면
내 삶은 정녕 헛되지 않으리.

시인의 시 이야기

미국의 여류시인 에밀리 디킨슨은 살아생전 2,000편의 시를 썼습니다. 그러나 생전에는 인정받지 못했지요. 그녀가 죽은 후 여동생인 라비니아 디킨슨이 에밀리 디킨슨의 시를 모아 출판을 했는데, 시집 출판 후 인정받는 시인으로 남게 되었지요. 에밀리 디킨슨의 시는 대개 명상 시인데, 종교적인 영향에 따른 것입니다. 시 〈내가 만일〉 도 그녀의 시적 특성을 잘 보여주는 시로, 타인에 대한 사랑과 관심이 잘 드러나지요.

'내가 만일 애타는 한 가슴을 달랠 수 있다면 / 내 삶은 정녕 헛되지 않으리'나 '내가 만일 한 생명의 고통을 덜어주거나 / 또는 한 괴로움을 달래주거나' 하는 등의 표현이 그것을 잘 말해줍니다. 이처럼 살기 위해서는 타인을 사랑하고 배려하는 마음을 가져야만 할 수 있지요.

"사랑은 아낌없이 주는 것이다."

이는 톨스토이가 한 말로 '사랑'의 정의에 대해 잘 보여주고 있습니다. 자신의 사랑으로 애타는 이의 가슴을 달래 주고, 고통과 시련 속에서 울부짖고 있는 한 생명에게 위안이 되어 줄 수 있다면, 그래서 애타는 이가 밝은 미소를 짓고 고통과 시련 속에 휘둘린 이가 희망을 가질 수 있다면, 그 얼마나 행복한 일인가요.

삶을 값지고 보람 있게 보내는 사람이야말로 진실로 행복한 사람입니다.

손으로 붙잡듯이 심장으로 잡으리

라이너 마리아 릴케

내 눈을 감겨주십시오.
그래도 나는 볼 수 있으리, 그대 모습을
내 귀를 막아주십시오.
그래도 나는 들을 수 있으리, 그대 목소리를
발이 없어도 갈 수 있고
입이 없어도 그대에게 호소할 수 있으리.
내 팔을 꺾어주십시오.
그래도 나는 잡으리, 그대를
손으로 붙잡듯이 심장으로 잡으리.
내 심장을 멎게 해 주십시오.
그래도 내 머리는 고동칠 것이며
그대가 내 머리에 불을 던진다 해도
피로써 그대를 껴안으리.

시인의 시 이야기

오스트리아의 시인이자 작가인 라이너 마리아 릴케. 그는 20세기 독일어권의 대표적인 시인으로서 어린 시절 군인이 되려고 했으나, 문학의 열정으로 섬세한 서정시를 썼습니다. 조각가 로댕의 비서로 사물을 깊이 관조하는 능력을 배웠지요. 이러한 그의 문학적 영향을 잘 보여주는 것이 《말테의 수기》, 《두노이의 비가》, 《젊은 시인에게 보내는 편지》이지요.

릴케는 시에 있어 체험을 매우 중요시해 '시는 체험이다'라는 정의를 내린 것으로 유명합니다.

시 〈손으로 붙잡듯이 심장으로 잡으리〉는 그 어떤 상황에서도 사랑하는 사람을 놓지 않으려는 시적 화자의 진정한 사랑을 잘 보여줍니다. 그가 "말한 시는 체험이다"라는 말에 비추었을 때 이 시는 아마도 그 자신의 경험에서 쓴 시가 아닐까 합니다.

그렇습니다. 진실은 언제나 통하는 까닭에 고통과 시련이 다가와도 심장이 멎는다 해도 자신의 사랑을 보여줄 수 있는 사랑, 자신의 진정성으로 감싸 줄 수 있는 사랑, 지금은 그런 사랑이 간절히 필요한 시대입니다.

당신이 날 사랑해야 한다면

E. B 브라우닝

당신이 날 사랑해야 한다면 오직
사랑을 위해서만 사랑해 주세요.
미소 때문에, 미모 때문에, 부드러운 목소리 때문에
그리고 또 나와 잘 어울리는 재치 있는 생각 때문에
그래서 나에게 느긋한 즐거움을 주기 때문에 저 여인을
사랑하노라고… 이렇게는 정말 말하지 마세요.
사랑이여, 이런 것들은 그 자체가 변하거나
당신을 위해 변하기도 한답니다.
그렇게 잘 짜여진 사랑은 그처럼 쉽게
풀어져 버리기도 한답니다.
내 뺨의 눈물을 닦아주는
당신의 사랑 어린 연민으로도 날 사랑하진 마세요.
당신의 위안을 오래 받았던 사람은 울음을 잊게 되고
그래서 당신의 사랑을 잃게 될지도 모르니까요.
오직, 사랑을 위해서만 날 사랑해 주세요.
사랑의 영원함을 통해
그대가 언제까지나 언제까지나
사랑을 누리실 수 있도록….

시인의 시 이야기

19세기 영국의 대표적인 여성 시인인 엘리자베스 배럿 브라우닝은 시 〈당신이 날 사랑해야 한다면〉에서 '당신이 날 사랑해야 한다면 오직 사랑을 위해서만 사랑해 주세요'라고 표현한 것은 자신의 사랑의 경험에서 우러나온 것이기에 가능했다고 할 수 있습니다. 그 예로 엘리자베스 브라우닝은 자신보다 여섯 살 연하인 로버트 브라우닝과 집안의 반대를 무릅쓰고, 이탈리아에서 비밀리에 결혼식을 올렸을 만큼 그녀의 사랑은 열렬하고 뜨거웠던 것입니다.

이 시에서 미소 때문에, 미모 때문에, 부드러운 목소리 때문에, 재치 있는 생각 때문에, 즐거움을 주기 때문에, 어린 연민으로 사랑하지 말고 사랑을 위해서만 사랑해 달라는 시인의 표현은 참으로 의미 있습니다.

그렇습니다. 외적인 조건을 좇아가는 사랑은 그 외적 조건의 충족에서 벗어나면 자연스레 깨지기 쉬운 법입니다. 그러나 사랑만을 위한 사랑은 그 어떤 것으로부터도 자신의 사랑을 지킬 수가 있지요. 사랑만을 위한 사랑…… 아, 그 얼마나 아름다운 사랑인가요.

당신은 그 사랑의 주인공이 되길 바랍니다.

우리의 사랑을 생각할 때면
나는 아직도 후회하고 있습니다

구스타보 베케르

그녀의 눈에 비친 눈물을 보았을 때,
내 입속에선 미안하다는 말이 맴돌고 있었습니다.
그녀가 자존심 때문에 차가운 말을 내뱉고
눈물을 닦아버리는 걸 보았을 때
내 입술은 침묵을 지키고 말았습니다.

나는 나의 길을 갔고,
그녀는 그녀의 길을 갔습니다.
하지만 지난날 우리의 사랑을 생각할 때면
나는 아직도 후회를 하고 있답니다.
왜 그때 나는 아무 말도 못했을까요?
그녀도 후회하고 있을 것입니다.
왜 그때 나는 울지 않았을까요?

시인의 시 이야기

사랑하는 사람끼리 항상 좋은 감정, 기쁜 마음으로 서로를 대한다면 얼마나 좋을까요. 그것처럼 행복한 일도 없을 겁니다. 하지만 사람은 감정의 동물이어서 사랑하는 사람과 간혹 다툴 때가 있습니다. 그런데 문제는 다툼에도 있지만, 그보다 더 큰 문제는 다투고 나서 사랑하는 이에게 보이는 행동이지요. 사랑하는 이가 속이 상해 울고 있는데, 미안하다는 말 한마디 안 한다면 사랑하는 이의 가슴에 또 한 번의 상처를 주는 것과 같답니다. 이때 받는 마음의 상처는 그 정도가 더 심하지요. 가뜩이나 기분이 안 좋은데 더 기분을 망치는 일이니까요. 이런 일로 헤어지는 경우가 많은데, 막상 헤어지고 나면 그때서야 '좀 더 참을 걸, 미안하다고 말할 걸' 하고 후회합니다. 그러나 버스는 이미 지나간 뒤라서 후회한들 아무 소용이 없지요.

구스타보 베케르의 스페인 서정시 〈우리의 사랑을 생각할 때면 나는 아직도 후회하고 있습니다〉에서 보면 시적 화자 또한 사랑하는 이에게 미안하다는 말을 못해 결국은 헤어지고 후회하고 있습니다. 사랑하는 이와 헤어지고 나서 후회하기보다는 자신이 먼저 미안하다고 사랑하는 이의 마음을 풀어주세요. 그러면 사랑하는 이는 아무 일도 없었던 것처럼 지금까지 그랬듯이 당신과 함께할 것입니다.

후회하지 않는 사랑, 할 수만 있다면 그런 사랑을 해야 합니다. 사랑이 떠나면 아픔만 남으니까요.

첫사랑

요한 볼프강 본 괴테

아 누가 돌려줄 것인가, 그 아름답던 날
첫사랑 그때를
아, 누가 돌려줄 수 있을 것인가
그 아름답던 시절의
오직 한순간만이라도

외로이 나는 이 상처를 키우며
쉼 없이 되살아오는 슬픔에
가버린 행복을 서러워할 뿐
아, 누가 돌려줄 것인가, 그 아름답던 날
첫사랑 즐거운 한때를

시인의 시 이야기

첫사랑을 잊지 못해 수십 년을 결혼도 안 하고 찾아다닌 남자가 있었습니다. 그의 가슴엔 오직 첫사랑만이 있을 뿐 그 어떤 여자도 들어올 수 없었지요. 부모의 반대로 이루지 못한 사랑의 아픔이 그의 인생을 송두리째 첫사랑만을 위해 바치기로 한 것이지요. 그는 전국을 누비며 안 가본 곳이 없습니다. 그러나 사랑하는 여자는 그 어디에도 없었습니다. 그는 만날 수 없는 비통함에 절망했고 때때로 몸부림에 젖었지만 그래도 희망을 잃지 않았습니다.

그런데 그에게 청천벽력 같은 일이 있을 줄이야 누가 알았을까요. 천신만고 끝에 첫사랑이 사는 곳을 찾아냈지만, 그녀는 이미 다른 사람의 아내가 되어 있었습니다. 한마디 말도 못하고 먼발치서만 바라보며 눈물을 삼켜야만 했던 그는 가슴이 갈기갈기 찢어지는 아픔에 몇 날 며칠을 울어야만 했습니다. 그 후 그는 결혼도 안 하고 혼자 살았습니다. 사랑의 아픔이 실로 컸기 때문이지요. 그는 첫사랑이 잘 살기를 눈물로써 기원했습니다.

독일의 시인이자 소설가인 괴테의 시 〈첫사랑〉을 보면 이 시의 시적 화자 역시 첫사랑과 헤어지고 나서 첫사랑을 간절히 그리워하지만 마음뿐이지요. 누구나 첫사랑을 잊지 못하는 것은 첫사랑은 세상에 태어나 처음으로 한 사랑이기 때문입니다. 첫사랑이 있다면 그 사랑을 꼭 잡으세요. 그러기 위해서는 첫사랑이 떠나지 않게 진정성을 갖고 사랑하세요. 진정성 있는 사랑만이 가장 좋은 사랑이니까요.

미라보 다리

G. 아폴리네르

미라보 다리 아래 세느강은 흐르고
우리의 사랑도 흘러내린다.
마음속 깊이깊이 아로새겨라.
기쁨 앞에 언제나 괴로움이 있음을.

밤이여 오라, 종아 울려라.
세월은 가도 나만 머문다.

손에 손을 맞잡고 얼굴 대하면
우리의 팔 밑 다리 아래로
영원의 눈길 지친 물살이
천천히 하염없이 흘러내린다.

밤이여 오라, 종아 울려라.
세월은 가고 나만 머문다.

사랑이 흘러 세느 강물처럼
우리의 사랑도 흘러만 간다.
어찌하여 삶이란 이다지도 지루한 것인가.
희망이란 또 왜 격렬한가.

밤이여 오라, 종아 울려라.
세월은 가고 나만 머문다.

날빛도 흐르고 달빛도 흐르고
오는 세월도 흘러만 가니
우리의 사랑은 가고 오지 않고
미라보 다리 아래 세느강만 흐른다.

밤이여 오라, 종아 울려라.
세월은 가고 나만 머문다.

시인의 시 이야기

프랑스 시인 G. 아폴리네르의 〈미라보 다리〉는 널리 알려진 시입니다. 이 시가 좋아서도 그렇지만 그보다는 세느강을 가로지르는 미라보 다리라는 것만으로도 충분히 독자들의 관심을 집중시킬 수 있기 때문이지요. 파리 하면 떠오르는 세느강, 세느강 하면 떠오르는 미라보 다리, 세느강과 미라보 다리는 그 자체만으로도 사람들의 마음을 두근거리게 합니다. 세월은 가고 강물은 흐르지만 사랑은 추억 속에서 지워지지 않고 영원히 기억되지요.

내 마음속에도 지워지지 않고 기억되는 다리가 있습니다. 그 다리는 미라보 다리처럼 멋지지도 않고, 그렇다고 어떤 특색도 있지 않습니다. 그 다리는 흔히 볼 수 있는 보통의 다리입니다. 그런데 그 다리는 나의 추억이 서려 있는 다리이지요.

나는 한창 민감한 청소년기에 그 다리를 건너서 도서관엘 가고, 친구를 만나러 가고, 교회를 가고, 나를 좋아하고 나도 좋아하던 소녀를 만나러 가기도 했지요. 그 다리는 나의 청소년 시절을 고이 품고 있는 다리이기에 나는 지금도 그 다리를 떠올리면 나의 풋풋했던 청소년 시절이 영화의 한 장면처럼 그려진답니다.

아름다운 추억을 간직하고 산다는 것은 소중한 보석을 품고 있는 것처럼 행복한 일이지요. 물론 당신에게도 아름다운 추억이 있겠지요? 그 행복을 오래 간직하기 바랍니다.

노르웨이 숲

폴 발레리

서로 사랑하던
우리는
나란히 길을 걸어가며
세상에서 가장 순수한 것을
생각했지요.

우리는
이름도 모르는 꽃들 사이를
한 마디 말도 없이 다정히 걸어가며
시나브로, 떨리는 손을
처음으로 마주 잡았지요.

우리는 마치
사랑의 맹세를 한 연인처럼
아름다운 숲길을 끝없이 걸어갔지요.

세상에
이렇게 아름다운 숲이
우리를 위해 존재한다는 것만으로도
행복에 겨워하던 우리는
흐르는 눈물을 참을 수가 없었지요.

그리고 우리들은
그 숲길의 어느 한 곳에
조용히 죽어 있었지요.

아득히 먼
기억들 속으로 빛과 어둠이
서로 교차하며 멀어져 가는 듯
아주 은밀한 속삭임으로
아름다운 숲 그늘 아래에서
우리는 죽어 있었지요.

저 하늘 위에서
한없이 쏟아지는 빛의 찬사에
우리는 눈물을 흘리며
두 손을 마주 잡고 누워 있었지요.

오, 아름다운 나의 사랑이여!

시인의 시 이야기

프랑스의 시인이자 비평가이며 사상가인 폴 발레리는 18세 때부터 시를 쓰기 시작했습니다. 방대한 산문과 비평으로 유명하지요. 소설 《좁은 문》으로 유명한 소설가 앙드레 지드와는 절친 사이였습니다. 앙드레 지드는 그가 유망시인으로 발돋움하는 데 도움이 되어주었다고 합니다.

발레리는 20세 때 지적 혁명을 체험하고 시 쓰기를 중단하고 추상적 탐구와 글쓰기에 몰입했지요. 그러나 그는 시적인 감성을 버릴 수는 없었습니다. 시적 감성은 버린다고 해서 버려지는 것은 아니기 때문이지요. 지적인 탐구와 글쓰기를 즐겨 하던 그도 사랑에 대한 감정은 어쩔 수 없었나 봅니다. 인간은 본능적으로 사랑에 민감한 존재이기 때문이니까요. 더구나 그는 시인이 아니던가요.

폴 발레리는 노르웨이 숲길을 걸으며 사랑하는 이와의 일체감을 공유하는 사랑을 보여주고 있습니다. 참으로 가슴 벅차고 아름다운 사랑의 풍경이 아닐 수 없습니다. 그렇습니다. 사랑하는 사람과의 일체감을 이루는 사랑이야말로 사랑의 참맛을 느끼게 하지요. 일체감을 이루는 사랑은 말을 안 해도 사랑하는 사람이 지금 무엇을 원하는지를 눈빛만 보고도 알 수 있기 때문이지요.

당신은 당신이 사랑하는 이와 일체감을 이루는 사랑을 하십시오. 그 사랑이 당신을 최고로 행복한 사람이 되게 할 테니까요.

그대여,
사랑해주지 않으시겠습니까

로버트 브라우닝

그대여, 사랑해주지 않으시겠습니까.
그대의 사랑이 지속되는 한
언제까지나 기다리고 있겠습니다.
가슴에 꽂아 놓은 그대의 꽃은
6월에 꽃을 피운 4월의 씨앗이랍니다.
손에 들고 있던 씨앗을 뿌렸습니다.
하나둘 싹이 트고 꽃이 피는 것은
사랑이라는 것
아니 사랑과 비슷한 것
당신은 결코 버리지 않을 것이라고 믿었습니다.

사랑을
죽음을
바라보십시오.
무덤에 꽂아 놓은 한 송이 제비꽃
당신의 눈짓 한 번이
천만 번의 괴로움을 씻어주고 있다는 것을…
죽음이란 아무것도 아니랍니다.
그대여, 사랑해주지 않으시겠습니까.

시인의 시 이야기

영국을 대표하는 시인인 로버트 브라우닝은 자신이 원하는 사랑을 얻기 위해 "그대의 사랑이 지속되는 한 언제까지나 기다리고 있겠습니다"라고 말합니다. 그리고 "죽음이란 아무것도 아니랍니다. 그대여, 사랑해주지 않으시겠습니까"라고 말하지요.

로버트 브라우닝은 자신보다 여섯 살 많은 여자를 사랑했습니다. 그는 그녀에게 사랑을 고백하고 평생을 함께하고 싶다고 말했지요. 그녀는 그의 사랑을 받아들였고 그들은 결혼해서 평생의 동반자가 되었지요. 로버트 브라우닝이 사랑했던 여자는 바로 시인 엘리자베스 배럿 브라우닝이랍니다.

로버트 브라우닝이 시에서 표현한 죽음도 두려워하지 않는 사랑이란 참으로 값진 위대한 사랑을 말합니다. 그가 아내 엘리자베스 배럿 브라우닝에게 고백할 때 이 시구를 그대로 사용했을 거라는 생각이 드는군요. 그랬기에 그녀의 마음을 얻어 사랑의 동반자가 될 수 있었을 테니까요.

"사랑은 영원하다. 그것이 지속되는 한."

이는 영국의 시인 로제티가 한 말입니다. 사랑은 인간의 삶에서 불가분의 관계에 놓여 있는 가장 열망적인 꿈이지요. 그래서 사랑을 위해 목숨을 걸기도 하고, 모든 것을 다 던져서라도 사랑을 쟁취하려고 하는 것이지요. 그렇습니다. 최선을 다해 사랑하는 이를 사랑하십시오.

소네트 18

윌리엄 셰익스피어

그대 여름날에 비유될까요?
그대는 그보다도 더 예쁘고 더 맑고 밝습니다.
모진 바람은 5월의 꽃봉오리를 떨구고
여름철은 너무나 짧은 것을 어찌 할까요.
때로는 태양빛이 너무나도 뜨겁고
가끔은 금빛 얼굴에 가려집니다.
우연이나 자연의 변화로 고운 것이 상하고
아름다운 모든 것도 가시고 말지만
그대 지닌 영원한 여름은 바래지 않고
그대 지닌 아름다움은 가시지 않습니다.
죽음도 그대 앞에 굴복하고 말지니
불멸의 노래 속에 때와 함께 살 겁니다.
인간이 숨 쉬고 눈으로 보는 한
이 노래는 살아서 그대에게 생명이 될 겁니다.

시인의 시 이야기

괴테처럼 셰익스피어 역시 시와 희곡 등 다양한 분야에서 천재성을 유감없이 보여준 인류역사상 최고의 문학가 중 한 사람이지요. 한 사람에게 많은 재능을 부여하신 하나님의 뜻은 인류를 위해 무엇인가 의미 있는 것을 하라는 무언의 명령일지도 모릅니다. 어쨌든 셰익스피어는 자신에게 부여된 재능을 맘껏 펼치며 세계문학사에 큰 족적을 남겼지요.

셰익스피어의 시 〈소네트 18〉은 〈소네트〉 연작 시 중의 하나로 영원히 사라지지 않는 태양같이 사라지지 않는 사랑과 행복을 염원합니다. 이 시를 보면 인간이란 본시 사랑에서 왔고, 사랑하며 살다가 사랑을 남기고 간다는 것을 알 수 있습니다.

그런데 많은 이들은 사랑이 지닌 진실한 의미와 목적을 잘 알지 못한 채, 사랑의 질서를 무너뜨리고 씹다 버린 껌처럼 함부로 여기지요. 사랑을 가볍게 여기는 자는 사랑의 참된 희열을 알지 못합니다. 사랑을 중시하고 몸과 마음을 바쳐 사랑해야 참된 사랑의 가치와 희열을 느낄 수 있으니까요.

그렇습니다. 사랑이 쉽게 사라지는 것이라면 의미가 없을 것입니다. 사랑은 그 어떤 최악의 상황에서도 불꽃처럼 타올라야 합니다. 그래서 영원히 그 사랑을 이어나가 행복의 기쁨이 되어야 합니다. 불멸의 사랑, 그런 사랑을 꿈꾼다면 죽음도 굴복시키는 사랑을 하십시오. 그 사랑이 당신을 최고로 행복한 로맨티스트가 되게 할 테니까요.

사랑하는 내 당신이여

존 밀턴

사랑하는
내 당신이여
나의 슬픔은
당신의 슬픔이 되지만
당신의 기쁨은
나에게 기쁨이 되지 못하고
오히려 슬픔이 되고 있습니다.

사랑하는
내 당신이여
당신이 꽃이라면
나는 꽃에서 떨어져 나뒹구는 꽃잎이기에
당신과 못다 이룬 사랑의 슬픔으로
가득한 내 마음은
언제나 당신의 기쁨조차
슬픔으로 느껴지는 것입니다.

사랑하는

내 당신이여

당신이 저 뜨거운 태양이라면

나는 밤에만 떠오르는 달이기에

영영 만날 수 없는 슬픔에 젖어

언제나 아픔을 노래할 것입니다.

시인의 시 이야기

영국의 시인으로 〈실낙원〉이라는 대서사시를 남긴 존 밀턴은 지독한 가난을 안고 살았습니다. 거기다 실명을 하고 병마에 시달렸지요. 그러나 그는 "극심한 고통을 겪어봐야 뛰어난 작품을 쓸 수 있다"고 말했습니다. 그리고 이어 "나는 하나님의 뜻을 원망하지 않는다. 믿음과 희망의 끈을 놓지도 않는다. 단지 참고 견디며 살아갈 뿐이다"라고 말했습니다.

이처럼 강한 신념과 믿음을 가진 밀턴이지만 시 〈사랑하는 내 당신이여〉에서는 슬픈 사랑을 노래하고 있습니다. 그가 이렇게 생각한 것은 사랑하는 사람에게 고통을 주고 싶지 않아서라고 생각합니다. 자신처럼 앞을 못 보고, 병마에 시달리고, 거기다 가난하기까지 하니 그로서는 어쩔 수 없는 마음이었던 것 같습니다. 참으로 안타까운 사랑이 아닐 수 없습니다. 이별처럼 아픈 사랑은 없으니까요.

사랑의 이별이 절절히도 마음을 아프게 하는 것은 평생토록 가슴에 화인火印으로 남아있기 때문입니다. 이별이 없는 사랑, 그 사랑은 정녕 없는 것일까요. 사랑의 이율배반적인 이름 이별, 이별은 참으로 아프고 서글픈 사랑이지요. 당신은 이별 없는 기쁨의 사랑을 하기 바랍니다.

초원의 빛

윌리엄 워즈워드

한때엔 그리도 찬란한 빛으로서
이제는 속절없이 사라져가는
돌이킬 길 없는
초원의 빛이여, 꽃의 영광이여
우리는 서러워하지 않으며
뒤에 남아서 굳세리라.
존재의 영원함을
티 없이 가슴에 품어서
인간의 고뇌를
사색으로 달래어서
죽음도 안광에 철하고
명철한 믿음으로 세월 속에 남으리라.

시인의 시 이야기

영국의 낭만주의 시인인 윌리엄 워즈워드. 그는 영국의 낭만주의를 이끈 대표적 시인으로 소박한 언어와 꾸미지 않는 언어로 서민들과 학대받는 이들을 위한 시를 발표함으로써 새로운 문학의 시대를 열었다는 평가를 받았지요.

지금과는 다른 것을 시도한다는 것은 문학이든 그 어떤 것일지라도 긍정적인 평가를 받는 것은 지극히 당연한 일입니다. 물론 그것이 보편적인 인간의 정서나 사회적 룰에 위배되지 않는 한 말이지요.

워즈워드의 대표 시는 〈무지개〉로 알려져 있지만, 나는 〈초원의 빛〉도 좋아합니다. 내가 초원의 빛을 좋아하는 것은 꾸밈없는 소박함 속에 내재된 강한 의지의 표현이 그것입니다. 그는 시에서 한때 그리도 찬란하게 빛나던 것들이 초라하게 사라져갈 때 슬퍼하지 않으며, 오히려 굳세게 나아갈 것이라고 했습니다. 인간의 고뇌를 사색으로 극복하고, 죽음도 두려워하지 않는 믿음의 의지를 보여주지요. 그런 까닭에 워즈워드의 〈초원의 빛〉을 읽을 때마다 내 몸과 마음은 초원의 길을 가듯 초연해지곤 합니다. 그리고 인생이란 무엇인가에 대해 곰곰이 생각해보게 됩니다. 생각에 젖게 하는 시, 〈초원의 빛〉은 그런 시입니다.

아름다운 사랑

단테

성자의 추도식 날에 아름다운 아가씨들이
바로 내 곁을 스쳐 지나갔었네.
맨 처음 아가씨가 내 옆을 지나갈 때
사랑은 우리를 마주보게 했다네.
타오르는 불꽃의 정령인 양
내 마음엔 뜨거운 불길이 타올라
천사의 모습을 바라보는 듯했다네.
그 해맑고 순한 아가씨의 눈에서
넘쳐흐르는 아름다운 사랑의 밀어를
보고 깨닫는 사람의 마음속엔
무한대의 행복이 넘치게 마련이네.
우리에게 행복을 깨우쳐주기 위해
아아, 아름다운 아가씨는 천국에서 살다가
이 지상에 온 것이라 생각될 만큼
나는 그녀를 보기만 해도 행복했다네.

시인의 시 이야기

셰익스피어, 괴테, 타고르와 더불어 세계 4대 시성의 한 사람인 13세기 이탈리아의 대표적인 시인 단테. 그는 시인일 뿐만 아니라 철학, 신학, 수사학에도 일가를 이룬 르네상스 문학의 새로운 지평을 연 작가로 평가받고 있습니다. 이러한 그의 문학적 성과의 결과물이라고 할 수 있는 〈신곡〉은 그래서 더욱 가치를 더하지요.

시 〈아름다운 사랑〉은 성자의 추도식 날에 아름다운 아가씨들이 자신의 곁을 스쳐 지나갔을 때 맨 처음 본 아가씨에게서 느낀 사랑의 순정함에 대해 그리고 그 순정한 사랑을 통해 느끼는 무한한 행복에 대해 잘 보여주고 있습니다. 그리고 아름다운 아가씨는 천국에서 살다가 이 지상에 온 것이라고 생각할 만큼 그는 그녀를 보기만 해도 행복했다고 말하지요. 이 얼마나 가슴 떨리는 사랑의 감정인지요.

마치 사춘기 소년이 자신의 마음을 가득 채운 소녀에게서 느끼는 맑고 순수한 사랑을 보는 듯하여, 시적 화자의 때 묻지 않은 사랑의 정서를 느끼게 합니다. 그렇습니다. 천사처럼 아름다운 미소가 넘치는 사랑, 빛나는 영혼의 향기 아, 생각만 해도 너무 행복하지 않나요?

당신은 이런 사랑을 하세요. 그 사랑이 당신을 무한한 감동과 행복으로 이끌어 줄 테니까요.

남몰래 흘리는 눈물

윌리엄 B. 예이츠

샐리 가든에서
나는 내 사랑과 만났습니다.
그녀는 아주 조심스럽게
그 앞을 지나가고 있었습니다.
나뭇잎이 자라나듯이
사랑도 서두르면 좋을 것이 없다고
그녀는 충고를 했지만
나는 내 어리석음을 앞세운 채
그녀의 말을 들으려 하지 않았습니다.

푸른 들판의 시냇가에서
나는 내 사랑하는 사람과 함께
서 있었습니다.
그녀에게 기댄 내 어깨 위로
그녀가 새하얀 손을 얹으면서
강둑에서 자라는 풀들처럼
인생을 서둘러 조급하게
생각하지 말자고 충고했습니다.

그러나 난
너무나 어렸고 어리석었답니다.
이제는 후회조차 할 수 없고
그저 아련한 눈물을 흘릴 뿐입니다.

아일랜드 시인이자 노벨문학상을 수상한 윌리엄 예이츠. 향수적 감수성을 가진 예이츠의 시 〈남몰래 흘리는 눈물〉을 보면 그는 서두르는 사랑으로 인해 헤어짐의 아픔을 겪었다는 것을 알 수 있습니다. 시인은 나이가 어렸을 때 사랑하는 여자의 충고를 듣지 않았기에 이별을 맞이했던 것이지요. 그러고 나서 헤어짐의 아픔으로 눈물을 흘리며 자신의 어리석음을 탓하지요. 그러나 아무리 후회한들 이미 지나가 버린 인연이 되고 말았답니다.

우리는 여기서 중요한 사실을 알 수 있습니다. 사랑하는 이의 말에 진정성을 갖고 들어주어야 한다는 것을. 그것은 사랑하는 이에 대한 예의이자 사랑하는 이에 대한 자신의 믿음을 보여주는 아름다운 행위이니까요. 사랑했던 연인이 헤어지는 데에는 여러 이유가 있으나, 이 시에서와 같이 사랑하는 이에 대해 진정성을 보여주지 못한 경우가 많습니다. 사랑하는 사이니까, 그냥 한쪽 귀로 듣고 흘러버리려 하기 때문이지요.

행복한 사랑을 원한다면 사랑하는 이의 충고를 기꺼이 받아들이세요. 그것은 자신에게는 마음의 보약과도 같기 때문이지요. 그렇습니다. 사랑하는 사람은 자신에게 최선의 사람임을 잊지 말기 바랍니다.

그대가 그리워지는 날에는

스템코프스키

오늘 나는 그대가 그립습니다.
함께 있지 못해서 그래서 나는
그대와 함께 보냈던 행복한 날들을 떠올리며
그대와 함께 보낼 멋진 날들을 기다리며
오늘 하루를 보냈습니다.

그대의 미소가 그립습니다.
그 미소는 그대가 나를 사랑한다는
미묘하지만 숨길 수 없는
표현인 줄 나는 알고 있습니다.

말은 안 해도 따스한 위안으로
모든 두려움을 녹여 준답니다.
그리고 그대의 미소는
깊고 진지한 사랑만이 줄 수 있는
행복감과 안도감을 내게 준답니다.

그대의 손길이 그립습니다.
어떤 손길보다도 더 따스하고 아늑한
그 부드러운 감촉
오늘 나는 그대가 그립습니다.

그대는 나의 반쪽이므로
나 혼자서 내 삶을 살 수 있다 해도
지금의 내 삶은
우리의 모든 경험을
아낌없이 나누는 삶이랍니다.

시인의 시 이야기

보고 싶다
보고 싶다
네가 나를 생각하지 않는
그 시간에도
내가 잠시 딴생각을 하는
그 짧은 순간에도
나는 네가
사무치도록 보고 싶다
보고 싶다
보고 싶다
내 그리운 사랑이여

이는 나의 시집 《우리는 태어나기 전에 이미 하나의 사랑이었다》에 수록된 〈보고 싶은 사랑〉이라는 시입니다. 나는 이 시집에서 사람마다 누군가와 만나 사랑을 하는 것은 이미 예정된 것이니만큼 더욱 아끼고 사랑해야 한다는 주제를 담았지요. 그리고 시 〈보고 싶은 사랑〉에는 사랑하는 이를 생각하지 않는 그 순간에도, 잠시 딴생각을 하는 그 순간에도 언제나 보고 싶은 절대적 존재라는 의미를 담았습니다.

러시아 시인 스템코프스키 역시 시 〈그대 그리워지는 날에는〉에서 사랑하는 이는 미소도, 부드러운 손길도, 항상 그립다고 말합니다.

그렇습니다. 사랑하는 사람은 언제나 그리운 법이지요. 사랑하는 이의 환한 미소, 달콤한 목소리, 빛나는 눈동자, 부드러운 손길 등 사랑하는 사람의 모든 것이 다 그립습니다. 그런 까닭에 사랑하는 사람은 한시도 자신의 마음에서 자신의 머리에서 떠나지 않습니다. 언제나 푸른 소나무처럼 가슴을 푸르게 하고 달콤한 아이스크림같이 하루하루를 행복하게 하지요.

당신에게도 사랑하는 사람이 있겠지요? 그렇다면 당신은 당신이 사랑하는 사람에게 늘 그리운 사람, 그래서 한시도 보고 싶어 못 견뎌 하는 사랑이 되세요. 그것은 곧 당신을 위한 사랑의 지혜이니까요.

헬렌에게

에드거 알렌 포

헬렌, 당신의 아름다움은 내게
그 옛날 니케아의 범선과 같답니다.
방랑에 지친 나그네를 태우고,
조용히 향기로운 바다를 건너,
고향 해안가로 실어다 주던.

오랫동안 거친 바다에서 헤매던 나에게
히아신스 같은 푸른 머리칼과 우아한 당신의 얼굴,
샘가의 여신 나이아스 같은 당신의 자태는,
그 옛날 그리스의 영광을
그 옛날 로마의 장엄함을 보는 듯합니다.

보십시오! 저 빛나는 창가에
서 있는 당신은 마치 조각과도 같군요.
손에는 마노의 등불을 들고
오, 당신은 정녕 성스러운 나라에서 온
여신 프시케와 같답니다!

시인의 시 이야기

미국의 소설가이자 시인인 에드거 알렌 포의 시 〈헬렌에게〉는 사랑하는 여인에 대한 시적 화자의 찬사가 마치 어둠을 헤치고 떠오르는 아침 태양과 같이 환한 빛을 뿜어댑니다.

'히아신스 같은 푸른 머리칼과 우아한 당신의 얼굴, / 샘가의 여신 나이아스 같은 당신의 자태', '오, 당신은 정녕 성스러운 나라에서 온 / 여신 프시케와 같답니다'라는 등의 표현은 사랑하는 여인에 대한 시적 화자의 사랑의 감정을 잘 보여주는군요.

남자로부터 이런 찬사를 받은 헬렌이란 여인은 얼마나 가슴이 벅찰까요. 아마 구름 위를 걷는 듯한 마음이겠지요. 사랑하는 사람에게 편지를 보내거나, 메일을 보내거나, 카톡이나 문자를 보낼 땐 최대한 따뜻하고 정감 어린 언어로 보내세요. 따뜻한 말 한마디가 사랑하는 이의 마음을 기분 좋게 하듯 따뜻하고 정감 어린 글은 사랑하는 이의 마음을 온통 노을빛 붉음으로 물들일 것입니다.

그렇습니다. 사랑하는 사람이 있다는 것은 행복한 일입니다. 그 사람에게 최선의 사랑으로 사랑하십시오. 그것은 곧 자신을 행복하게 하는 일이니까요.

사랑의 기도

J. 갈로

말없이 사랑하여라.
내가 한 것처럼
아무 말 말고
자주 겉으로 드러나지 않게
조용히 사랑하여라.
사랑이 깊고 참된 것이 되도록
말없이 사랑하여라.

아무도 모르게 숨어서 봉사하고
눈에 드러나지 않게
좋은 일을 하여라.
그리고
침묵하는 법을 배워라.

말없이 사랑하여라.
꾸지람을 듣더라도 변명하지 말고
마음이 상하는 이야기에도
말대꾸하지 말고
말없이 사랑하는 법을 배워라.

네 마음을
사랑이 다스리는
왕국이 되게 하여라.
그 왕국을
타인을 향한 마음으로
자상한 마음으로 가득 채우고
말없이 사랑하는 법을 배워라.

사람들이 너를 가까이 않고
오히려 멀리 떼어버려
홀로 따돌림을 받을 때
말없이 사랑하여라.

도움을 주고 싶어도
받아들이려 하지 않는 사람들을 위해
기도하여라.
오해를 받을 때도
말없이 사랑하여라.
네 사랑이 무시당한다 하더라도
끝까지 참으면서…

슬플 때
말없이 사랑하는 법을 배워라.
주위에 기쁨을 나누어 주고
사람들이 행복을 느끼도록 마음을 써라.

타인의 말이나 태도로 인해 초조해지거든
말없이 사랑하여라.
마음 저 밑바닥에 스며드는 괴로움을
인내하여라.

네 침묵 속에
원한이나
인내롭지 못한 마음, 어떤 비난이
끼어들지 못하도록 하여라.
언제나 타인을 존중하고
소중히 여기도록 마음을 써라.

시인의 시 이야기

J. 갈로의 〈사랑의 기도〉를 읽다 보면 '아, 사랑은 이렇게 하는구나'라는 생각에 젖게 됩니다. 이 시에는 여러 가지 사랑에 대해 정의되어 있습니다. 타인에 대하여, 봉사에 대하여, 참는 마음에 대하여, 미워하지 않는 사랑에 대하여, 슬픔을 이겨내는 자세에 대하여 말합니다. 사랑에 대해 이처럼 말할 수 있다는 것은 진정한 사랑을 깨우쳤기에 가능한 것이지요.

톨스토이는 사랑에 대해 이렇게 말했습니다.

"사랑에는 세 가지 종류가 있다. 첫째, 아름다운 사랑 둘째, 헌신적인 사랑 셋째, 활동적인 사랑이다."

톨스토이가 말하는 아름다운 사랑과 헌신적인 사랑은 사랑하는 이와 함께 하는 열정적이고 희생적인 사랑이고, 활동적인 사랑은 타인과 사회를 위해 봉사하는 사랑인 것입니다. 하지만 진실한 사랑은 이 모두를 포함할 때만 가능한 것이 아닐까 합니다.

마음이 답답하거나, 남을 미워하는 마음이 들거나, 악한 마음이 들 땐 시 〈사랑의 기도〉를 음미하세요. 음미하다 보면 사랑의 참된 가치를 마음에 새기게 될 테니까요.

그대가
나의 사랑이 되어 준다면

알퐁스 도데

그대가 나의 사랑이 되어 준다면
내 인생을 모두 걸고서라도
그대와 함께 이 길을 가겠습니다.
외롭고 힘겨운 이 길,
그러나 그대가 내 곁에 있기에
언제나 행복한 길,
그대의 사람이 되어
영원히 저 무덤 속까지 함께 가겠습니다.

시인의 시 이야기

프랑스의 소설가 알퐁스 도데 하면 소설 《별》이 생각나고, 소설 《별》 하면 알퐁스 도데가 가장 먼저 떠오릅니다. 그만큼 알퐁스 도데의 《별》이 감명 깊게 가슴에 와 닿기 때문이지요.

나는 처음 《별》을 읽고 얼마나 숨이 막혔는지 모릅니다. 맑고 푸른 별이 반짝이며 하나 가득 쏟아져 내릴 것만 같은 그 상상은 생각만으로도 환상에 사로잡히게 했지요. 그리고 너무도 순수하고 순결한 소녀의 이미지는 별과 너무도 매치가 잘 되었지요. 책을 덮는 순간 나 또한 소녀와 같은 순결한 사랑을 하고 싶었지요. 그리고 내게도 그런 사랑이 다가왔었습니다. 그러나 더 이상은 말 안 하렵니다. 당신도 그러했나요?

소녀를 간절히 연모하는 목동의 순정한 사랑이 한 폭의 수채화처럼 펼쳐진 《별》처럼 시 〈그대가 나의 사랑이 되어 준다면〉 역시 사랑하는 여자에 대한 시적 화자의 간절함이 잘 나타나 있습니다. 사랑하는 사람의 사랑이 되어 영원히 저 무덤 속까지 함께 가겠다는 고백이 그것을 잘 말해주니까요. 참으로 간절하고도 간절한 사랑의 시입니다.

인생이라는 바다를 건너는 법

존 G. 휘티어

인생이라는 바다에
큰 폭풍우가 몰아칠 때
안전한 해변에서
하나님이 구원해주시지 않을까
가만히 기다리지 말고
몸과 마음을 다해 힘껏 헤쳐 나가라.
칼바람이 불어와 바늘처럼 살을 찌를 때
두꺼운 옷으로 온몸을 가려
그 신성한 힘,
그 신성한 목적을 무시하지 말고
온 신경을 곤두세우며 견뎌내라.

시인의 시 이야기

이는 미국의 시인이자 작가이며 노예폐지론자로 유명한 존G. 휘티어의 시로 인생을 살아가는 방법에 대해 잘 말해주고 있습니다.

인생의 바다를 항해하다 보면 고난의 험한 파도도 만나고, 죽을 만큼 힘든 인생의 태풍도 만나게 됩니다. 이럴 때 누가 나를 도와주었으면 하는 마음이 간절해지지요. 그래서 주위를 살피며 도움을 줄 대상을 찾기도 하지요. 다행히 도움을 줄 대상을 만나면 위기의 순간으로부터 벗어나는 행운을 얻을 수 있습니다. 하지만 도움을 줄 대상을 만나지 못하면 당황하게 되고 절망하게 될 것입니다. 그리고 삶의 거센 풍랑에 영원히 휩쓸려 갈 수도 있지요. 그러면 어떻게 해야 할까요.

가만히 기다리지 말고 위기의 순간에서 벗어날 수 있도록 몸과 마음을 다해 힘껏 헤쳐 나가야 합니다. 스스로 풍랑을 헤쳐 나가는 것만이 위기의 순간에서 자신을 보호할 수 있으니까요. 인생을 살다 보면 위기의 순간을 맞게 될 때가 있습니다. 그럴 때 도움을 기다리지 말고 스스로를 지켜내는 힘을 길러야 합니다. 그것이야말로 어려움으로부터 벗어날 수 있는 가장 확실한 방법이니까요.

인생예찬

헨리 W. 롱펠로우

내게 슬픈 곡조로 말하지 말지니,
인생은 한낱 헛된 꿈에 불과하다고!
잠든 영혼은 죽은 영혼이리니,
만물은 보이는 그대로가 아닌 것.

삶은 참된 것! 삶은 엄숙한 것!
무덤이 결코 그 마지막은 아니려니
흙에서 왔으니 흙으로 돌아가라는 것은,
영혼을 말하는 것은 아니다.

우리가 가는 길 가야 할 것은,
향락이나 슬픔에 있는 것이 아니리니
오늘보다 더 나은 내일이 되도록
활동하는 그것이야말로 인생이다.

예술은 길고 인생은 찰나와 같고,
우리의 심장은 강하고 튼튼해도
마치 소리 죽인 북처럼 무덤을 향해
장송곡을 울린다.

인생이란 광활한 전쟁터에서,
인생이라는 길 위에서
말 못하고 쫓기는 짐승은 되지 말라!
전쟁터에서 이기는 영웅이 돼라!

아무리 달콤해 보일지라도 미래를 믿지 말라!
죽은 과거는 죽은 채로 묻어두어라!
활동하라, 살아있는 지금 활동하라!
가슴속에는 용기가 머리 위에는 하나님이 계신다.

앞서 살았던 위인들은 말해주나니
우리도 우리의 삶을 장엄하게 이룰 수 있고
떠날 때에는 지나간 시간의 모래 위에
우리 발자국을 남길 수 있다.

인생을 항해하는 누군가가
난파를 당해 절망에 빠졌을 때
그 발자국을 보게 된다면
다시 용기를 얻게 될 것이다.

자, 우리 모두 일어나서 일해야 하려니,
용감하게 운명에 굴복하지 말고
끊임없이 성취하고 추구하면서,
일하면서 기다리기를 힘써 배워야 하리다.

시인의 시 이야기

19세기 미국의 대표적인 시인이자 시 〈화살과 노래〉로 널리 알려진 헨리 W. 롱펠로우의 시 〈인생예찬〉을 보면 활기가 넘치고 굳은 의지가 번뜩이지요. 또한 인생의 진실함과 엄숙함에 대해 노래하고, 지금 현재를 중요시하고, 삶의 족적을 남기는 삶을 노래하고, 절망하지 말며 운명에도 굴복하지 말고 끊임없이 추구하는 삶을 노래하고 있습니다. 이렇듯 롱펠로우는 긍정적인 삶과 희망적인 지금과 창조적인 내일을 노래하며, 그 중심에 서 있는 인생의 숭고함을 찬양하지요.

좀 더 부연해서 말하면 누구의 인생이든 인생은 매우 소중하며, 그래서 그 소중함을 함부로 해서는 안 된다는 것을 강조합니다. 그런데 여기엔 한 가지 분명히 할 것이 있습니다. 유쾌하고 낙관적이고 긍정적인 인생은 누가 만드는 것이 아니라는 것입니다. 그것은 스스로 만드는 것입니다. 롱펠로우는 시 〈인생예찬〉을 통해 그것을 우리에게 말하고 있는 것입니다. 그렇습니다. 누구든 자신의 인생은 다 소중하고, 그런 까닭에 값진 인생으로 살아야 하고, 아름다운 삶의 족적을 남겨야 합니다.

용기와 격려가 필요할 땐 롱펠로우의 시 〈인생예찬〉을 읽으세요. 긍정적인 에너지가 당신을 꼭 감싸줄 것입니다.

참나무

알프레드 L. 테니슨

인생을 살아가되,
젊어서나 늙어서나,
저기 저 참나무처럼
봄에는 찬란한,
황금빛 삶을.

여름에 무성했다가도
가을이 오면
가을답게 변하여,
은은한 빛을 지닌
다시 황금빛 삶을.

마침내 모든 나뭇잎이
다 떨어진 그때도,
보라, 우뚝 선
줄기와 가지,
그 적나라한 저 힘을.

시인의 시 이야기

영국 빅토리아 시대 시인인 알프레드 L. 테니슨은 시 〈참나무〉를 통해 인생을 참나무와 같이 봄에는 찬란한 황금빛 삶을 살라고 말합니다. 그리고 가을이 오면 가을답게 은은한 빛을 지닌 황금빛 삶을 살라고 말합니다. 마침내 잎이 다 떨어지고 나면 우뚝 선 줄기와 가지, 그 적나라한 힘을 갖고 살라고 말합니다.

테니슨이 노래하는 참나무는 '단단하고 찬란한 인생, 변화하는 삶을 쫓는 지혜로운 인생, 나이가 들어서도 힘을 잃지 않는 굳건한 인생'을 의미하지요. 이런 인생을 산다는 것은 쉽지 않지요. 하지만 그렇다고 해서 못할 것도 없습니다. 그것은 자신의 의지에 따른 문제이니까요.

그렇다면 문제는 간단합니다. 의지를 굳건히 하고, 테니슨이 노래하는 참나무와 같은 인생을 살도록 하면 됩니다. 물론 쉽지는 않겠지요. 쉽다면 인생의 참가치를 제대로 느낄 수 없지요. 인생의 참된 가치는 어려움을 극복하며 이뤄나가는 데 있습니다. 당신 또한 참나무와 같은 인생이 될 수 있습니다. 그것은 당신 의지에 달려 있으니까요.

가던 길 멈춰 서서

윌리엄 헨리 데이비스

근심에 가득 차, 가던 길 멈춰 서서
잠시 주위를 바라볼 틈도 없다면 얼마나 슬픈 인생일까?

나무 아래 서 있는 양이나 젖소처럼
한가로이 오랫동안 바라볼 틈도 없다면

숲을 지날 때 다람쥐가 풀숲에
개암 감추는 것도 바라볼 틈도 없다면

햇빛 눈부신 한낮, 밤하늘처럼
별들 반짝이는 강물을 바라볼 틈도 없다면

아름다운 여인의 눈길과 발
또 그 발이 춤추는 모습을 바라볼 틈도 없다면

눈가에서 시작한 그녀의 미소가
입술로 번지는 것을 기다릴 틈도 없다면

그런 인생은 가엾은 인생, 근심으로 가득 차
가던 길 멈춰 서서 잠시 주위를 돌아볼 틈도 없다면.

시인의 시 이야기

영국에서 태어나 영국과 미국에서 살았던 시인 윌리엄 헨리 데이비스. 그의 시 〈가던 길 멈춰 서서〉는 삶의 여유에 대해 말합니다. 그러니까 여유 있는 삶을 살아야 한다는 것이지요. 그런데 여유를 즐길 수 있는 틈이 없다면 그런 인생은 한 마디로 '가엾은 인생'이라는 것이지요.

지금 우리 사회는 경쟁의 속도만 높이는 데 열을 올리고 있습니다. 사람들은 그 속에서 속도 머신이 되고 있지요. 상대에게 밀리면 내 자리는 그 어디에서도 결코 보장받을 수 없으니까요. 하지만 안타깝게도 속도 경쟁에서 밀린 젊은이들은 취업이란 근심의 무게에 짓눌려 '틈'이 없습니다. 틈이 있다고 해도 그것은 여유에서 오는 틈이 아니라, 어쩔 수 없는 그러니까 무료한 시간 보내기라는 것이지요.

이는 비단 젊은이들만의 문제가 아닙니다. 오십 대, 육십 대 등의 세대에서도 마찬가집니다. 참으로 애석하고 안타까운 일이 아닐 수 없습니다. 너무 바빠서 틈이 없는 삶은 차라리 넘치는 행복이지요. 근심에 가득 차, 가던 길 멈춰 서서 잠시 주위를 바라볼 틈도 없는 인생, 그런 가엾은 인생이 없는 시대가 하루빨리 다가오길 바랍니다.

Comfort and peace for you

위로와 평안의 시

초판 1쇄 발행 2021년 10월 28일
초판 2쇄 발행 2022년 2월 21일

엮은이 김옥림
펴낸이 임종관
펴낸곳 미래의 서재
편집 정광희
디자인 페이퍼마임
신고번호 신고번호 : 제 2019-000114호
본사 서울시 용산구 효창원로64길 43-6(효창동 4층)
영업부 경기도 고양시 덕양구 원흥동 705번지 원흥 한일윈스타 1405호
전화 031-964-1227
팩스 031-964-1228
이메일 miraebook@hotmail.com

ISBN 979-11-971089-2-1 03800

* 책값은 뒤표지에 있습니다.

* 본 도서는 〈시가 내게로 와서 꽃이 되었다〉를 재편집하여 출간하였습니다.